S. FISCHER

J. M. Coetzee

DER POLE

Roman

Aus dem Englischen von Reinhild Böhnke

Thomas [illegible]
Juni 2023

S. FISCHER

Aus Verantwortung für die Umwelt hat sich der S. Fischer Verlag zu einer nachhaltigen Buchproduktion verpflichtet. Der bewusste Umgang mit unseren Ressourcen, der Schutz unseres Klimas und der Natur gehören zu unseren obersten Unternehmenszielen.

Gemeinsam mit unseren Partnern und Lieferanten setzen wir uns für eine klimaneutrale Buchproduktion ein, die den Erwerb von Klimazertifikaten zur Kompensation des CO_2-Ausstoßes einschließt.

Weitere Informationen finden Sie unter:
www.klimaneutralerverlag.de

FSC
www.fsc.org
MIX
Papier aus verantwortungsvollen Quellen
FSC® C014496

Erschienen bei S. FISCHER

Die Originalausgabe erschien zuerst in spanischer Übersetzung 2022 unter dem Titel »El Polaco« bei El Hilo de Ariadna, Buenos Aires.

By arrangement with Peter Lampack Agency, Inc. 350 Fifth Avenue, Suite 5300 New York, NY 10176-0187 USA

Satz: Dörlemann Satz, Lemförde
Druck und Bindung: GGP Media GmbH, Pößneck
Printed in Germany
ISBN 978-3-10-397501-7

DER POLE

Ich danke Mariana Dimópulos, Georges Lory und Valerie Miles für ihre Beratung während des Verfassens von »Der Pole«.

Eins

1.

Zuerst bereitet die Frau ihm Schwierigkeiten und bald darauf auch der Mann.

2.

Anfangs hat er eine völlig klare Vorstellung davon, wer die Frau ist. Sie ist groß und anmutig; nach konventionellen Maßstäben kann sie vielleicht nicht als Schönheit gelten, doch ihre Erscheinung – dunkles Haar und dunkle Augen, hohes Jochbein, voller Mund – ist beeindruckend, und ihre Stimme, ein tiefer Alt, hat eine sanfte Anziehungskraft. Sexy? Nein, sie ist nicht sexy und gewiss nicht verführerisch. Vielleicht war sie in jungen Jahren sexy – wie auch nicht mit einer solchen Figur? –, aber jetzt, in ihren Vierzigern, hat sie sich eine gewisse Distanziertheit angeeignet. Sie geht – das fällt einem besonders auf –, ohne sich in den Hüften zu wiegen, und gleitet aufrecht, beinah würdevoll, über den Boden.

So würde er ihr Äußeres zusammenfassen. Was ihr Selbst angeht, ihre Seele, das muss sich mit der Zeit offenbaren. Von einem ist er aber überzeugt: Sie ist ein guter Mensch, liebenswürdig, freundlich.

3.

Der Mann bereitet mehr Schwierigkeiten. Die Vorstellung von ihm ist wieder völlig klar. Er ist Pole, ein siebzigjähriger Mann, ein robuster Siebzigjähriger, Konzertpianist, am bekanntesten als Chopin-Interpret, aber ein umstrittener Interpret: Sein Chopin ist überhaupt nicht romantisch, sondern im Gegenteil ein wenig asketisch, Chopin als Erbe von Bach. Insofern ist er eine Kuriosität in der Konzertszene, kurios genug, um eine kleine, doch kenntnisreiche Zuhörerschar in Barcelona anzuziehen, der Stadt, in die er eingeladen wurde, der Stadt, wo er der anmutigen Frau mit der sanften Stimme begegnen wird.

Doch kaum ist der Pole ins Licht getreten, verändert er sich schon. Mit seiner beeindruckenden silbernen Haarmähne, seiner eigenwilligen Interpretation von Chopin verspricht der Pole eine recht klar strukturierte Persönlichkeit zu sein. Aber was die Seele angeht, das Gefühl, ist er beunruhigend undurchsichtig. Am Klavier spielt er unbestreitbar seelenvoll; aber die Seele, die ihn beherrscht, ist die von Chopin, nicht die seine. Und wenn einem diese Seele ungewöhnlich trocken und streng erscheint, dann deutet das vielleicht auf eine gewisse Dürre in seinem eigenen Temperament hin.

4.

Wo kommen sie her, der hochgewachsene Pianist und die elegante Frau mit dem gleitenden Gang, die Frau des Bankiers, die ihre Tage mit guten Werken verbringt? Das ganze Jahr lang haben sie an die Tür geklopft und darauf gewartet, eingelassen oder weggeschickt und zur Ruhe gebracht zu werden. Ist jetzt, endlich, ihre Zeit gekommen?

5.

Die Einladung an den Polen erging von einem Kreis, der in der Sala Mompou, in Barcelonas Gotischem Viertel, monatliche Konzerte organisiert, und das seit Jahrzehnten. Die Konzerte stehen der Allgemeinheit offen, aber die Karten sind teuer und die Zuhörer sind überwiegend reich, älter und ihrem Geschmack nach konservativ.

Die betreffende Frau – sie heißt Beatriz – gehört dem Kuratorium an, das die Reihe betreut. Sie widmet sich dieser Aufgabe als Bürgerpflicht, doch auch weil sie glaubt, dass Musik an sich gut ist, wie Liebe gut ist oder Barmherzigkeit oder Schönheit, und überdies gut, weil sie Menschen zu besseren Menschen macht. Obschon ihr sehr wohl bewusst ist, dass ihre Ansichten naiv sind, hält sie an ihnen fest. Sie ist intelligent, aber nicht nachdenklich. Ein Teil ihrer Intelligenz besteht im Bewusstsein, dass übertriebene Nachdenklichkeit den Willen lähmen kann.

6.

Die Entscheidung, den Polen einzuladen, dessen Name so viele w und z enthält, dass keiner im Kuratorium auch nur den Versuch macht, ihn auszusprechen – sie nennen ihn einfach »den Polen« –, wird erst nach ernsthafter Prüfung getroffen. Er wurde nicht von ihr, Beatriz, vorgeschlagen, sondern von ihrer Freundin Margarita, dem inspirierenden Geist hinter der Konzertreihe, die in ihrer Jugend am Madrider Konservatorium studiert hat und viel mehr über Musik weiß als sie.

Der Pole, sagt Margarita, habe einer neuen Generation von Chopin-Interpreten in seinem Land den Weg bereitet. Sie reicht die Besprechung eines Konzerts, das er in

London gegeben hat, herum. Nach dem Rezensenten ist ein harter, rhythmischer Chopin – Chopin als Prokofjew – außer Mode. Es war nie etwas anderes als eine modernistische Reaktion auf die Festschreibung des frankopolnischen Meisters als zarter, träumerischer, »femininer« Geist. Der sich nun entwickelnde, historisch authentische Chopin ist leise und italienisch beeinflusst. Die revidierende Chopin-Interpretation des Polen ist, wenn auch etwas zu intellektuell, zu loben.

Sie, Beatriz, ist sich nicht sicher, ob sie einen Abend lang historisch authentischen Chopin hören möchte und, was noch wichtiger ist, ob der ziemlich konservative Kreis das freundlich aufnehmen wird. Doch Margarita ist von der Sache überzeugt, und Margarita ist ihre Freundin, also unterstützt Beatriz sie.

Folglich erging eine Einladung an den Polen mit einem vorgeschlagenen Datum und einem vorgeschlagenen Honorar und wurde akzeptiert. Jetzt ist der Tag da. Er ist per Flugzeug aus Berlin angereist, wurde am Flughafen abgeholt und in sein Hotel gebracht. Der Plan für den Abend sieht vor, dass sie, zusammen mit Margarita und Margaritas Ehemann, ihn nach dem Konzert zum Dinner ausführt.

7.

Warum wird Beatriz' Ehemann nicht dabei sein? Die Antwort: weil er Veranstaltungen des Konzertkreises nie besucht.

8.

Der Plan ist einfach genug. Doch dann gibt es ein Problem. An dem betreffenden Morgen ruft Margarita an und teilt mit, dass sie erkrankt ist. Das ist der ziemlich förmliche Ausdruck, den sie verwendet: *caído enferma*, erkrankt. Woran ist sie erkrankt? Das sagt sie nicht. Sie bleibt vage, absichtlich, scheint es. Aber sie wird nicht zum Konzert kommen. Und auch ihr Ehemann nicht. Würde sie, Beatriz, deshalb bitte die Gastgeberpflichten übernehmen, das heißt, dafür sorgen, dass ihr Gast rechtzeitig vom Hotel zum Konzertsaal gebracht wird, und ihn danach ausführen, wenn er das wünscht, damit er bei seiner Rückkehr in die Heimat seinen Freunden sagen kann: *Ja, ich hatte im Großen und Ganzen eine gute Zeit in Barcelona. Ja, sie haben sich gut um mich gekümmert.*

»Gut«, sagt Beatriz, »ich übernehme das. Und hoffentlich geht es dir bald wieder besser.«

9.

Sie kennt Margarita, seit sie als Kinder zusammen auf der Nonnenschule waren; sie hat schon immer den Elan ihrer Freundin bewundert, ihren Unternehmungsgeist, ihr selbstsicheres Auftreten. Jetzt muss sie ihren Platz einnehmen. Was genau wird es bedeuten, einen Mann bei einem flüchtigen Besuch in einer fremden Stadt auszuführen? In seinem Alter wird er gewiss keinen Sex erwarten. Doch er wird sicher erwarten, dass man ihm schmeichelt, sogar mit ihm flirtet. Flirten ist keine Kunst, die zu beherrschen sie sich je bemüht hat. Margarita ist anders. Margarita hat einen leichten Zugang zu Männern. Mehr als einmal hat sie, Beatriz, amüsiert beobachtet, wie die Freundin ihre Eroberungen betreibt. Aber sie hat nicht den Wunsch, es ihr gleichzutun. Wenn ihr Gast hohe Erwartungen in Sachen Schmeichelei hat, wird er enttäuscht werden.

10.

Der Pole ist, laut Margarita, ein »wirklich beeindruckender« Pianist. Sie hat ihn leibhaftig in Paris erlebt. Kann es sein, dass sich die beiden, Margarita und der Pole, leiblich nahegekommen sind; und dass Margarita, nachdem sie seinen Auftritt in Barcelona organisiert hat, in letzter Minute kalte Füße bekommen hat? Oder hat ihr Mann schließlich genug gehabt und ein Machtwort gesprochen? Muss »erkrankt« so interpretiert werden? Warum muss alles so kompliziert sein?

Und nun muss sie sich um den Fremden kümmern! Es gibt keinen Grund zu erwarten, dass er Spanisch spricht. Wenn er nun auch kein Englisch spricht? Wenn er nun einer der Polen ist, die Französisch sprechen? Die einzigen Stammgäste des Konzertkreises, die Französisch sprechen, sind die Lesinskis, Ester und Tomás; und Tomás, in den Achtzigern, wird allmählich gebrechlich. Wie wird dem Polen zumute sein, wenn ihm statt der lebhaften Margarita die klapprigen Lesinskis vorgestellt werden?

Sie freut sich nicht auf den Abend. Was ist das für ein Leben, denkt sie, das Leben eines reisenden Künstlers! Die Flughäfen, die Hotels, alle anders, doch alle gleich; die Gastgeber, mit denen er auskommen muss, alle anders, doch alle gleich: exaltierte mittelaltrige Frauen und gelangweilte begleitende Ehemänner. Genug, um jeden Funken in der Seele auszulöschen.

Wenigstens ist sie nicht exaltiert. Und auch keine Quasselstrippe. Wenn sich der Pole nach seinem Auftritt in missmutiges Schweigen zurückziehen will, wird sie ihm mit Missmut antworten.

11.

Ein Konzert zu organisieren, dafür zu sorgen, dass alles reibungslos läuft, ist keine kleine Aufgabe. Die Bürde ist nun direkt ihr aufgeladen worden. Sie verbringt den Nachmittag im Konzertsaal, treibt das Personal an (der Aufseher ist ihrer Erfahrung nach saumselig) und hakt Einzelheiten ab. Ist es nötig, Einzelheiten aufzulisten? Nein. Aber durch ihr Augenmerk auf die Einzelheiten wird Beatriz beweisen, dass sie die Tugenden Fleiß und Kompetenz besitzt. Im Vergleich dazu wird sich der Pole als unpraktisch und wenig unternehmungslustig erweisen. Wenn man Tugend quantitativ betrachten kann, dann wird der größere Teil der Tugend des Polen in seine Musik investiert, wobei kaum etwas für seine Interaktion mit der Welt übrig bleibt; während Beatriz' Tugend gleichmäßig in alle Richtungen wirkt.

12.

PR-Fotos zeigen einen Mann mit einem markanten Profil und einer weißen Haarmähne, der in den Mittelgrund starrt. Die beigefügte Biographie gibt an, dass Witold Walczykiewicz 1943 geboren wurde und sein Konzertdebüt mit vierzehn Jahren hatte. Sie führt Preise an, die er gewonnen hat, und einige seiner Aufnahmen.

Sie fragt sich, was es bedeutet, 1943 in Polen geboren worden zu sein, mitten in einem Krieg, mit nichts zu essen außer Kohlsuppe und Kartoffelschalen. Wird die körperliche Entwicklung beeinträchtigt? Und was ist mit dem Geist? Wird es sich herausstellen, dass Witold W. in seinen Knochen, in seinem Geist, die Zeichen einer Hunger-Kindheit trägt?

Ein Baby, das in der Nacht schreit, vor Hunger schreit.

Sie wurde 1967 geboren. Niemand in Europa musste 1967 Kohlsuppe essen – niemand in Polen, niemand in Spanien. Sie hat nie Hunger erlebt. Nie. Eine glückliche Generation.

Auch ihre Söhne waren glücklich. Sie haben sich zu tatkräftigen jungen Männern entwickelt, die sich intensiv mit dem Projekt, ihr Leben erfolgreich zu gestalten, beschäftigen. Falls sie jemals nachts geschrien haben, dann wegen Wundsein oder aus schlichter Bockigkeit, nicht weil sie Hunger hatten.

In ihrem Erfolgsstreben sind ihre Söhne nach dem Vater geraten, nicht nach der Mutter. Ihr Vater hat zweifelsohne aus seinem Leben einen Erfolg gemacht. Was die Mutter angeht, so kann man noch nicht sicher sein. Reicht es, zwei so gut genährte, tatkräftige junge Männer in die Welt gesetzt zu haben?

13.

Sie ist intelligent, gebildet, belesen, eine gute Ehefrau und Mutter. Doch man nimmt sie nicht ernst. Auch Margarita nicht. Und auch den übrigen Kreis nicht. Society Ladys – es ist nicht schwer, sich lustig über sie zu machen. Verspottet für ihre guten Werke. Verspottet auch von ihnen selbst. Was für ein lächerliches Schicksal! Hätte sie jemals vermutet, dass sie das erwartet?

Vielleicht hat sich Margarita deshalb genau diesen Tag ausgesucht, um zu erkranken. *Basta!* Genug der guten Werke!

14.

Ihr eigener Mann hält Abstand vom Konzertkreis. Er glaubt an getrennte Wirkungsbereiche. Der Wirkungsbereich einer Frau sollte ihr gehören.

Sie haben sich auseinandergelebt, sie und ihr Mann. Sie waren Kommilitonen; er war ihre erste Liebe. In jenen frühen Tagen empfanden sie große Leidenschaft füreinander, unstillbar. Diese Leidenschaft hielt sogar nach der Geburt der Kinder an. Dann war sie eines Tages nicht mehr da. Er hatte genug gehabt. Sie auch. Dennoch blieb sie eine treue Ehefrau. Männer machen ihr Anträge, denen sie ausweicht, nicht weil sie unerwünscht sind, sondern weil sie den Schritt noch nicht gemacht hat, den Schritt, den nur sie machen kann, den Schritt vom Nein zum Ja.

15.

Sie sieht den Polen zum ersten Mal, leibhaftig, als er auf das Podium schreitet, sich verbeugt und am Steinway Platz nimmt.

1943 geboren, daher zweiundsiebzig Jahre alt. Er bewegt sich mühelos; er wirkt jünger.

Sie überrascht, wie groß er ist. Nicht nur groß, sondern auch massig, mit einem Brustkorb, der sein Jackett zu sprengen droht. Über die Tastatur gebeugt wirkt er wie eine Riesenspinne.

Schwer vorstellbar, dass so große Hände etwas Süßes und Sanftes aus der Tastatur hervorzaubern können. Doch das tun sie.

Haben Pianisten einen angeborenen Vorteil Pianistinnen gegenüber – Hände, die bei Frauen grotesk wirken würden?

Sie hat vorher nicht viel über Hände nachgedacht, Hände, die alles für ihre Besitzer tun, wie gehorsame, unbezahlte Diener. Ihre eigenen Hände sind nichts Besonderes. Die Hände einer Frau, die bald fünfzig sein wird. Sie versteckt sie manchmal diskret. Hände verraten das Alter einer Person, ebenso wie der Hals und die Falten der Achselhöhle.

Zu Zeiten ihrer Mutter konnte sich eine Frau noch mit Handschuhen in der Öffentlichkeit zeigen. Handschuhe, Hüte, Schleier – die letzten Zeichen einer verschwundenen Epoche.

16.

Das Zweite, was ihr an dem Polen auffällt, ist sein Haar, das extravagant weiß und zu einer extravaganten Welle aufgetürmt ist. Bereitet er sich so auf ein Konzert vor, fragt sie sich – in seinem Hotelzimmer mit einem Friseur, der sich um seine Haartracht kümmert? Aber vielleicht ist sie kleinlich. Bei den Maestros seiner Generation, den Erben des Abbé Liszt, muss eine Haarmähne, grau oder weiß, einfach dazugehören.

Jahre danach, als die Episode des Polen Geschichte geworden ist, wird sie sich über diese frühen Eindrücke wundern. Im Großen und Ganzen glaubt sie an erste Eindrücke, wenn das Herz sein Urteil fällt und sich entweder dem Fremden zuwendet oder vor ihm zurückweicht. Ihr Herz hat sich dem Polen nicht zugewandt, als sie ihn aufs Podium schreiten, seine Mähne zurückwerfen und sich der Tastatur widmen sah. Das Urteil ihres Herzens: *Was für ein Poseur! Was für ein alter Clown!* Sie würde eine Weile brauchen, um jene erste, instinktive Reaktion zu überwinden und den Polen in seiner ganzen Individualität zu sehen.

Doch was bedeutet *ganze Individualität* eigentlich? Schließt die ganze Individualität des Polen nicht vielleicht ein, dass er ein Poseur ist, ein alter Clown?

17.

Das Konzert an diesem Abend hat zwei Teile. Der erste Teil besteht aus einer Haydn-Sonate und einer Tanzsuite von Lutosławski. Der zweite Teil ist Chopins vierundzwanzig Préludes gewidmet.

Er spielt die Haydn-Sonate in sauberen, präzisen Linien, als wolle er demonstrieren, dass große Hände keine unbeholfenen Hände sein müssen, sondern im Gegenteil so zart wie die einer Dame miteinander tanzen können.

Die kleinen Stücke von Lutosławski sind neu für sie. Sie erinnern sie an Bartók, an seine Bauerntänze. Sie gefallen ihr.

Sie gefallen ihr besser als der Chopin, der darauf folgt.

Der Pole mag sich ja einen Namen als Chopin-Interpret gemacht haben, doch der Chopin, den sie kennt, ist intimer und subtiler als der von ihm dargebotene. Ihr Chopin hat die Macht, sie aus dem Barri Gòtic, aus Barcelona in den Salon eines großen alten Landhauses in den fernen polnischen Ebenen zu versetzen, wenn ein langer Sommertag sich seinem Ende zuneigt, eine leichte Brise die Vorhänge bewegt und der Duft von Rosen hereinschwebt.

An einen anderen Ort versetzt zu werden, vor Gefühlsüberschwang außer sich zu geraten – höchstwahrscheinlich eine antiquierte Vorstellung davon, was Musik bei den Hörern bewirkt, antiquiert und vielleicht auch sentimental. Aber danach sehnt sie sich an diesem speziellen Abend, und das liefert der Pole nicht.

Der Beifall nach dem letzten Prélude ist höflich, aber nicht enthusiastisch. Sie ist nicht die Einzige, die mit dem Wunsch gekommen ist, Chopin von einem echten Polen gespielt zu hören, und enttäuscht wurde.

Als Zugabe, als Geste an seine Gastgeber bietet er ein kurzes Stück von Mompou an, gespielt auf recht geistesabwesende Art, dann ist er ohne ein Lächeln vom Podium abgegangen.

Hat er heute zufällig schlechte Laune, oder ist er immer so? Wird er daheim anrufen und sich darüber beschweren, wie er von den spießigen Katalanen aufgenommen wurde? Gibt es daheim eine polnische Madame, die sich seine Klagen anhört? Er wirkt nicht wie ein verheirateter Mann. Er wirkt wie ein Mann, der unerfreuliche Scheidungen hinter sich hat, mit zähneknirschenden Ex-Frauen, die ihm Böses wünschen.

18.

Der Pole spricht nicht Französisch, wie sich herausstellt. Er spricht jedoch einigermaßen Englisch; was sie, Beatriz, angeht, so beherrscht sie die Sprache nach ihren zwei Jahren in Mount Holyoke fließend. Die polyglotten Lesinskis sind daher überflüssig. Doch trotzdem willkommen, da sie ihr einiges von der Bürde der Gastgeberin abnehmen. Besonders Ester. Ester ist vielleicht alt und krumm, doch sie ist auf Draht.

19.

Sie bringen ihn in ein Restaurant, in das sie gewöhnlich die auftretenden Künstler ausführen, eine italienische Gaststätte namens Boffini's, mit zu viel flaschengrünem

Samt ausgestattet, aber mit einem zuverlässigen Mailänder Koch.

Nachdem sie Platz genommen haben, spricht Ester als Erste. »Maestro, es muss schwer sein, wieder auf die Erde zurückzukommen, nachdem Sie mit Ihrer erhabenen Musik in den Wolken waren.«

Der Pole neigt den Kopf und äußert sich weder zustimmend noch ablehnend zu den Wolken, in denen er gewesen ist. In der Nähe lassen sich Alterserscheinungen nicht so leicht verbergen. Unter den Augen hat er Tränensäcke; die Haut am Hals ist schlaff; seine Handrücken sind fleckig.

Maestro. Das bringt man am besten schnell hinter sich, die Frage der Anrede. »Wenn Sie gestatten«, sagt sie, »wie sollen wir Sie anreden? Uns Spaniern fallen polnische Namen schwer, wie Sie bestimmt schon festgestellt haben. Und wir können Sie nicht den ganzen Abend *Maestro* nennen.«

»Ich heiße Witold«, sagt er. »Sie können mich Witold nennen. Bitte schön.«

»Und ich bin Beatriz. Unsere Freunde sind Ester und Tomás.«

Der Pole hebt ein leeres Glas für seine drei neuen Freunde: Ester, Tomás, Beatriz.

»Ich bin sicher nicht die Erste, Witold«, sagt Ester, »die Sie mit dem berühmten schwedischen Schauspieler verwechselt, Sie wissen schon, wen ich meine.«

Der Anflug eines Lächelns huscht über das Gesicht des Polen. »Max von Sydow«, sagt er. »Mein schlimmer Bruder. Er folgt mir, wohin ich auch gehe.«

Ester hat recht – dasselbe lange, traurige Gesicht, dieselben blassblauen Augen, dieselbe aufrechte Haltung. Aber die Stimme ist enttäuschend. Ihr fehlt der tief aus der Kehle dringende volle Klang des schlimmen Bruders.

20.

»Erzählen Sie uns von Polen, Witold«, sagt Ester. »Erzählen Sie uns, warum Ihr Landsmann Frédéric Chopin lieber in Frankreich als in seinem Heimatland gelebt hat.«

»Wenn Chopin länger gelebt hätte, wäre er nach Polen zurückgekehrt«, erwidert der Pole, der die Zeitformen vorsichtig, doch korrekt benutzt. »Er war ein junger Mann, als er das Land verließ, er war ein junger Mann, als er starb. Junge Männer sind zu Hause nicht glücklich. Sie suchen Abenteuer.«

»Und Sie?«, fragt Ester. »Waren Sie, wie er, unglücklich in Ihrer Heimat, als Sie ein junger Mann waren?«

Es ist eine Gelegenheit für Witold, den Polen, ihnen zu erzählen, wie es war, jung und ruhelos in seinem unglücklichen Heimatland zu sein, sich danach zu sehnen, in den dekadenten, doch aufregenden Westen zu fliehen, doch er ergreift die Gelegenheit nicht. »Glück ist nicht das wichtigste … das wichtigste Gefühl«, sagt er. »Jeder kann glücklich sein.«

Jeder kann glücklich sein, doch es braucht einen außergewöhnlichen Menschen, um unglücklich zu sein, einen außergewöhnlichen Menschen wie mich – möchte er ihnen das andeuten? Sie hört sich sprechen. »Was ist denn das wichtigste Gefühl, Witold? Wenn Glücklichsein nicht wichtig ist, was dann?«

Schweigen rings am Tisch. Sie beobachtet, wie sich Ester und ihr Mann schnelle Blicke zuwerfen. *Wird sie das Ganze schwierig machen? Diese schwierigen Stunden, die vor uns liegen – wird sie die noch schwieriger machen?*

»Ich bin Musiker«, sagt der Pole. »Für mich ist Musik das Wichtigste.«

Er beantwortet ihre Frage nicht, er weicht ihr aus, aber egal. Was sie gern fragen möchte, es aber nicht tut, ist: *Was ist mit Madame Witold? Wie mag sie sich fühlen, wenn ihr Mann sagt, dass Glücklichsein nicht wichtig ist? Oder gibt es keine Madame – ist Madame schon vor langem fortgelaufen, um Glück in den Armen eines anderen zu finden?*

21.

Von Madame Witold spricht er nicht, doch er spricht sehr wohl von einer Tochter, die eine musikalische Ausbildung genossen hat, dann nach Deutschland gegangen ist, um in einer Band zu singen, und nicht zurückgekommen ist. »Ich bin einmal hingefahren, um sie zu hören. In Düsseldorf. Es war gut. Sie hat eine gute Stimme. Gute Stimme, gute Stimmbeherrschung, keine so gute Musik.«

»Ja, die jungen Leute …«, sagt Ester. »Sie bereiten uns so viel Kummer. Trotzdem muss es für Sie schön sein – schön zu wissen, dass die musikalische Tradition fortgeführt wird. Und Ihr Land – wie ist die Lage heute in Ihrem Land? Ich erinnere mich an den guten Papst, er kam von dort, nicht wahr? Johannes Paul.«

Auf das Thema Johannes Paul, den guten Papst, scheint sich der Pole nur ungern bringen zu lassen. Sie, Beatriz, schätzt Johannes Paul nicht als einen guten Papst ein. Nicht einmal als einen guten Menschen. Er erschien ihr von Anfang an als Intrigant, als Politiker.

22.

Sie sprechen von dem jungen japanischen Violinisten, der letzten Monat ihr Gast war. »Außerordentliche Technik«, sagt Tomás. »In Japan beginnt sie sehr früh, die Musikerziehung. Mit zwei, drei Jahren, das Kind trägt eine Violine überall mit sich herum. Auch auf die Toilette! Sie ist Teil des Körpers, wie ein weiterer Arm, Arm Nummer drei. In welchem Alter haben Sie angefangen, Maestro?«

»Meine Mutter war Sängerin«, sagt der Pole, »daher habe ich stets Musik im Haus gehört. Meine Mutter war meine erste Lehrerin. Dann gab es einen anderen Lehrer, dann ging es auf die Akademie in Krakau.«

»Sie waren also immer Pianist. Von Kindheit an.«

Ernst denkt der Pole über das Wort *Pianist* nach. »Ich war ein Mann, der Klavier spielt«, sagt er schließlich. »Wie der Mann, der die Fahrscheine im Bus entwertet. Er ist ein Mann, und er entwertet die Fahrscheine, aber er ist kein Fahrscheinmann.«

In Polen haben sie also in den Bussen noch Männer, die die Fahrscheine entwerten – sie wurden nicht wegrationalisiert. Vielleicht ist deshalb der junge Witold nicht nach Paris fortgelaufen wie sein musikalischer Held. Weil sie in Polen Männer haben, die Fahrscheine prüfen, und Männer, die Klavier spielen. Zum ersten Mal erwärmt sie sich für ihn. *Hinter dieser ernsten Ausstrahlung ist er möglicherweise ein Spaßvogel*, denkt sie bei sich. *Nur möglicherweise.*

23.

»Sie sollten Kalbfleisch probieren«, sagt Tomás. »Kalb ist hier immer gut.«

Der Pole lehnt ab. »Abends habe ich keinen großen

Bauch«, sagt er. Er bestellt einen Salat, danach Gnocchi mit Pesto.

Ein großer Bauch: Ist das vielleicht eine polnische Redewendung? Er hat gewiss keinen großen Bauch. Er ist sogar ein wenig – sie sucht nach einem Wort, das sie nicht oft braucht – *cadavérico*, ausgemergelt. Ein Mann wie er sollte seinen Körper der Anatomie vermachen. Dort würde man es schätzen, die Kunst des Sezierens an solchen großen Knochen praktizieren zu können.

Chopin wurde in Paris bestattet, doch wenn sie sich richtig erinnert, ließ ihn später irgendein patriotischer Verein exhumieren und in sein Geburtsland zurückbringen. Einen winzigen Körper, der fast nichts wog. Winzige Knochen. Ist ein solch winziger Mann groß genug, um ihm das ganze Leben zu widmen – letzten Endes einem Träumer, einem Produzenten von eleganten Tongebilden? Ihrer Ansicht nach eine ernsthafte Frage.

Verglichen mit Chopin, verglichen sogar mit Witold, seinem Jünger, kann sie natürlich nicht als wichtige Person gelten. Sie weiß und akzeptiert das. Doch sicher hat sie einen Anspruch darauf zu wissen, ob die Stunden, die sie damit verbringt, geduldig dem Klimpern von Klaviertasten oder dem Kratzen von Pferdehaar auf Darmsaiten zuzuhören, wenn sie draußen auf den Straßen die Armen speisen könnte, nicht verschwendete Stunden sind, sondern Teil eines größeren, reicheren Plans bilden. *Sprich!*, möchte sie den Polen auffordern. *Rechtfertige deine Kunst!*

24.

Natürlich ahnt der Mann nicht, was in ihr vorgeht. Für ihn ist sie Teil der Bürde, die er um seiner Karriere als Künstler willen ertragen muss – eine jener nervenden reichen Frauen, die ihn nicht in Ruhe lassen wollen, bis sie ihr Gramm Fleisch herausgeholt haben. Jetzt gerade bietet er in seinem korrekten, doch langsamen Englisch eine Geschichte von der Art, die eine Frau wie sie hören will, wie er vermutet, eine Geschichte über seinen ersten Klavierlehrer, der mit einer *férula* neben ihm saß und ihm auf das Handgelenk schlug, wenn er einen Fehler machte.

25.

»Und nun, Witold, müssen Sie uns offenbaren«, sagt Ester, »welche von all den Städten der Welt, die Sie besuchen, ist Ihnen am liebsten? Wo – außer natürlich in Barcelona – werden Sie am herzlichsten aufgenommen?«

Ohne dem Polen die Möglichkeit zur Antwort zu geben, zu offenbaren, welche der Weltstädte er favorisiert, unterbricht sie, Beatriz. »Bevor Sie uns das sagen, Witold, können wir uns noch einmal kurz Chopin zuwenden? Warum, glauben Sie, lebt Chopin weiter? Warum ist er so wichtig?«

Der Pole mustert sie kühl. »Warum er wichtig ist? Weil er uns etwas über uns mitteilt. Über unsere Sehnsüchte. Die uns manchmal nicht bewusst sind. Das ist meine Meinung. Manchmal sehnen wir uns nach etwas, was wir nicht haben können. Was für uns unerreichbar ist.«

»Das verstehe ich nicht.«

»Sie verstehen nicht, weil ich es nicht gut auf Englisch erklären kann, auch in keiner anderen Sprache, nicht einmal auf Polnisch. Um zu verstehen, müssen Sie schweigen und zuhören. Lassen Sie die Musik sprechen, dann werden Sie verstehen.«

Sie ist nicht zufrieden. Tatsache ist, sie hat heute Abend zugehört, intensiv zugehört, und was sie gehört hat, hat ihr nicht gefallen. Wenn die Lesinskis nicht da wären, wenn sie allein mit dem Mann wäre, würde sie ihn hartnäckiger bedrängen. *Es ist nicht Chopin, der nicht zu mir spricht, Witold, sondern* Ihr *Chopin, der Chopin, der* Sie *als sein Medium benutzt* – das würde sie sagen. *Claudio Arrau – Sie kennen ihn?* – so würde sie fortfahren –, *Arrau bleibt für mich ein besserer Interpret, ein besseres Medium. Durch Arrau spricht Chopin zu meinem Herzen. Aber Arrau kam natürlich nicht aus Polen, also gab es vielleicht irgendetwas, für das er taub war, ein Element des Geheimnisses von Chopin, das Fremde nie verstehen werden.*

26.

Der Abend ist gelaufen. Auf dem Bürgersteig draußen vor Boffini's verabschieden sich die Lesinskis (»Es war eine solche Ehre, Maestro!«). Es bleibt nun ihr überlassen, den Polen in sein Hotel zurückzubringen.

Alles ist gesagt, schweigend sitzen sie nebeneinander im Taxi. *Was für ein Tag!*, denkt sie. Sie kann es kaum erwarten, ins Bett zu kommen.

Allzu deutlich nimmt sie den Geruch wahr, den Geruch von Männerschweiß und Eau de Cologne. Natürlich ist es immer heiß auf dem Podium unter den Scheinwerfern. Und die Anstrengung, die körperliche Anstrengung, all diese Tasten anzuschlagen, eine nach der anderen, in der korrekten Reihenfolge! Der Geruch ist daher vielleicht entschuldbar. Dennoch …

Sie kommen beim Hotel an. »Gute Nacht, gnädige Dame«, sagt der Pole. Er ergreift ihre Hand und drückt sie.

»Ich danke Ihnen. Vielen Dank auch für Ihre tiefgründigen Fragen. Ich werde sie nicht vergessen.« Dann ist er fort.

Sie betrachtet ihre Hand. Nachdem sie kurz unter der Riesenpranke geruht hat, wirkt sie kleiner als sonst. Doch unverletzt.

27.

Eine Woche nach seiner Abreise kommt ein Päckchen im Konzertsaal an, an sie adressiert, mit deutschen Briefmarken. Darin eine CD – seine Aufnahme der Chopin-Nocturnes – und eine Mitteilung auf Englisch: »Für den Engel, der in Barcelona über mich wachte. Ich hoffe, dass die Musik zu ihm sprechen wird. Witold.«

28.

Mag sie diesen Mann, Witold? Vielleicht mag sie ihn ja, alles in allem. Es tut ihr leid, ein wenig, dass sie ihn nicht wiedersehen wird. Es gefällt ihr, wie er aufrecht steht, aufrecht dasitzt. Sie mag seine Aufmerksamkeit, die Ernsthaftigkeit, mit der er ihr zuhört, wenn sie spricht. Die Frau mit den tiefgründigen Fragen – es freut sie, dass er das anerkannt hat. Und sein Englisch amüsiert sie, mit der korrekten Grammatik und den falschen Redewendungen. Was missfällt ihr an ihm? So einiges. Vor allem seine Zahnprothese, zu blitzend, zu weiß, zu künstlich.

Zwei

1.

In dieser Nacht schläft sie gut. Am Morgen kehrt sie zu ihrem gewohnten Tagesablauf zurück. Sie nimmt sich vor, die CD des Polen anzuhören und sich dafür die Zeit zu nehmen, vergisst es aber dann.

Monate später taucht eine E-Mail auf. Wie ist er an ihre Adresse gekommen? »Werte Dame, ich unterrichte Meisterklassen in Girona am Konservatorium Felip Pedrell. Ihre Gastfreundschaft ist unvergessen. Darf ich Ihnen Gastfreundschaft anbieten? Wenn Sie nach Girona kommen, werde ich sehr gern Ihr Gastgeber sein. Ich hole Sie zu jeder Zeit vom Zug ab.« Die Unterschrift lautet: *Ihr Freund Witold mit dem schwierigen Namen.*

Sie antwortet: »Lieber Witold, Ihre Freunde in Barcelona erinnern sich gern an Ihren Besuch. Vielen Dank für Ihre freundliche Einladung. Leider bin ich im Moment zu beschäftigt, um nach Girona zu kommen. Ich wünsche Ihnen viel Erfolg bei Ihrem Unterricht. Beatriz«

Sie forscht nach. Was der Mann mit dem schwierigen Namen sagt, stimmt so – er gibt wirklich Klavierunterricht in Girona. Warum ausgerechnet in Girona? Sicher braucht er das Geld nicht.

Je mehr sie über seine Rückkehr nach Katalonien nachdenkt, desto merkwürdiger erscheint diese.

Sie schreibt eine zweite E-Mail. »Warum sind Sie hier,

Witold? Seien Sie bitte ehrlich zu mir. Ich habe keine Zeit für nette Lügen. Beatriz«

Sie löscht *Ich habe keine Zeit für nette Lügen* und schickt die Botschaft ab. Nicht nur für Lügen hat sie keine Zeit, sondern auch nicht für Drumherumreden, für Wortspiele und verhüllte Anspielungen.

Seine Antwort kommt prompt. »Ich bin Ihretwegen hier. Ich habe Sie nicht vergessen.«

2.

Sie lässt einen Tag verstreichen, während sie über *Ihretwegen* nachgrübelt. Was die Worte *for you* im Englischen bedeuten, was im Polnischen, das vermutlich hinter dem Englischen liegt, was bedeuten sie wirklich? Er ist ihretwegen hier, wie man wegen Brot in einer Bäckerei ist? Und was bedeutet *hier* überhaupt? Was bringt es ihm, wenn sein *Hier* Girona ist, das ihre aber Barcelona? Oder ist er ihretwegen hier, wie man in einer Kirche wegen Gott ist?

3.

Als sie jung war, ist sie ihren Impulsen gefolgt, ohne zu fragen. Sie hat ihrem Herzen vertraut. *Ja*, hat ihr Herz gesagt. Oder *Nein*. Aber (Gott sei Dank!) ist sie nicht mehr jung. Sie ist klüger, vorsichtiger. Sie sieht die Dinge, wie sie sind.

Was sieht sie im Fall des Polen? Sie sieht einen Mann am Ende seiner Karriere, von der Not oder den Umständen getrieben, ein Engagement anzunehmen, das einst unter seiner Würde gewesen wäre (das Conservatori Felip Pedrell ist keine besonders angesehene Institution), einen Mann, der, weil er allein und einsam in einer fremden Stadt ist, sich um eine Frau bemüht, der er einmal begegnet ist.

Was würde es über sie aussagen, wenn sie darauf eingehen würde? Wichtiger, was sagt das über sie aus, dass der Mann erwartet, dass sie darauf eingeht?

4.

Abgesehen von ihrem Mann hat sie keine tiefere Erfahrung mit Männern. Doch im Lauf der Jahre hat sie sich zahllose Geständnisse und vertrauliche Mitteilungen von befreundeten Frauen angehört. Sie hat auch mit kühlem Blick beobachtet, wie sich Männer ihrer Klasse benehmen. Ihre Erkundungen haben ihr keinen großen Respekt vor Männern und ihren Gelüsten beschert, sie hat nicht den Wunsch, dass eine Welle männlicher Leidenschaft über sie hinwegrollt.

Sie ist nie besonders gern gereist. Ihr Mann findet, ihr fehle Neugier. Er irrt sich. Sie ist neugierig, sehr neugierig. Aber nicht auf die weitere Welt und nicht in Bezug auf Sex. Worauf ist sie dann neugierig? Auf sich selbst. Darauf, warum trotz allem der Gedanke, einen Tag nach Girona zu reisen, ihre Phantasie kitzelt, sie lächeln lässt.

5.

Problemlos findet sie den Weg zum Conservatori, ein gesichtsloses Gebäude im alten Teil der Stadt. Seine Korridore sind leer (es ist früher Nachmittag). Einer bekannten Melodie folgend, öffnet sie eine Tür mit der Aufschrift *Sala 1* und befindet sich im hinteren Teil eines kleinen Konzertsaales. Auf dem Podium, am Klavier, sind der Pole und ein junger Mann. Leise gleitet sie auf einen Platz. Die Studenten, die die Zuhörer sind, etwa dreißig von ihnen, beachten sie nicht.

Sie arbeiten am langsamen Satz von Rachmaninows zweitem Klavierkonzert. Der junge Mann nimmt die lange, klagende Anfangsmelodie in Angriff. Der Pole legt ihm die Hand auf den Arm, um ihn zu stoppen. »La-la-la-la-la-la-la-*laa*«, singt er, das abschließende *la* dehnend. *»No demasiado legato.«*

Der junge Mann probiert die Melodie erneut, mit weniger *legato*.

In sportlichen Hosen und einem Hemd mit offenem Kragen wirkt der Pole entspannter, als sie ihn in Erinnerung hat. *Gut!*, denkt sie. *Und er hat sich ein paar Worte Spanisch angeeignet!* Obwohl man nicht viel Worte braucht, um Musik zu unterrichten. *Sí. No.*

Sie hat ihn vorher noch nicht singen hören. Eine unerwartet tiefe Stimme, wie ein dunkler Strom, wohlklingend.

6.

An der Szene interessiert sie nicht die Musik, sondern das Drama. Weil sie sich auf einer Bühne befinden, weil es ein Publikum gibt, sind Lehrer und Schüler notgedrungen zu Schauspielern geworden. Wie reagiert der junge Mann auf die Instruktion, wenn er vielleicht nicht mit ihr übereinstimmt (vielleicht war seine Interpretation, mit mehr *legato*, seinem Herzen näher)? Passt er sich an, oder rebelliert er? Oder gibt er vor, sich anzupassen, aber rebelliert insgeheim und nimmt sich vor, wieder zur alten Methode zurückzukehren, sobald der Pole von der Bildfläche verschwunden ist? Und was ist mit dem Polen? Spielt er die Rolle des Autokraten oder die des väterlichen Ratgebers?

7.

Der Pole lehnt sich herüber und spielt die gebrochenen Akkorde, die den Satz eröffnen. In der Stimme der Klarinette singt er: »La-la-la-la-la-la-la-*laa*.« Dann kommt die rechte Hand hinzu, und sofort hört sie den Unterschied. Weniger *legato*, weniger Emotion, mehr Spannung, mehr Crescendo.

Der junge Mann folgt den Anweisungen und macht es diesmal richtig. Er ist gut. Er lernt schnell. Der Pole nickt. »Fahren Sie fort.«

8.

Der Unterricht endet, die Studenten verschwinden. Sie bleibt. Der Pole kommt zu ihr. Was wird er sagen?

Er ergreift ihre Hand. Er dankt ihr, auf Englisch, für ihr Kommen. Er äußert seine Freude darüber, sie wiederzusehen. Er macht ihr Komplimente zu ihrer Kleidung. Seine Komplimente gefallen ihr nicht. Sie klingen geübt, einstudiert. Doch vielleicht weiß er einfach nicht, wie er sich ungezwungen auf Englisch ausdrücken soll. Vielleicht ist er daheim in Polen ein richtig charmanter Gentleman.

Sie hat sich für den Anlass sorgfältig gekleidet. Das heißt, schlicht.

»Können wir reden?«, fragt sie.

9.

Sie machen einen Spaziergang auf einem baumgesäumten Weg am Fluss entlang. Es ist ein angenehmer Herbsttag. Die Blätter färben sich und so weiter.

»Ich frage noch einmal«, sagt sie, »warum sind Sie hierhergekommen? Girona – Sie haben keinen Grund, in Girona zu sein.«

»Wir müssen alle irgendwo sein. Wir können nicht nirgendwo sein. Das ist das Menschenlos. Aber nein. Ich bin Ihretwegen hier.«

»Das haben Sie gesagt, aber was bedeutet das? Was wollen Sie von mir? Sie haben mich nicht hierher eingeladen, damit ich Ihren Klavierunterricht anhöre. Möchten Sie, dass ich mit Ihnen schlafe? Wenn das so ist, darf ich Ihnen sofort sagen: Das wird nicht geschehen.«

»Seien Sie nicht zornig«, sagt er. »Bitte.«

»Ich bin nicht zornig. Ich bin ungeduldig. Ich habe keine Zeit für Spielchen. Sie haben mich hierher eingeladen. Warum?«

Warum ist sie so zornig? Was will sie von ihm, das er ihr verweigert?

»Werte Dame«, sagt der Pole, »Sie erinnern sich doch an Dante Alighieri, den Dichter? Seine Beatrice schenkte ihm nie ein Wort, und er liebte sie sein Leben lang.«

Werte Dame!

»Und bin ich deshalb hier – um mitgeteilt zu bekommen, dass Sie vorhaben, mich Ihr Leben lang zu lieben?«

»Mein Leben ist nicht so lang«, sagt der Pole.

Armer Narr!, möchte sie sagen. *Du kommst zu spät, das Fest ist vorbei.*

Sie schüttelt den Kopf. »Wir sind Fremde, Sie und ich«, sagt sie. »Wir gehören zu unterschiedlichen Welten, unterschiedlichen Bereichen. Sie gehören in eine Welt mit Ihrem Dante und Ihrer Beatrice, ich gehöre in eine andere, die ich die reale Welt zu nennen gewohnt bin.«

»Sie schenken mir Frieden«, sagt der Pole. »Sie sind mein Symbol des Friedens.«

Sie, Beatriz, ein Symbol des Friedens! Etwas Verrückteres hat sie nie gehört.

10.

Sie gehen weiter. Der Fluss fließt sanft dahin, ein leichter Wind weht, der Fußweg erstreckt sich vor ihnen. Details, zufällig, doch nicht unwesentlich. Schritt für Schritt hellt sich ihre Stimmung auf.

»Als Sie Ihren Studenten unterrichtet haben, haben Sie gesungen«, sagt sie. »Ich habe an Sie nie als Sänger gedacht. Sie haben eine gute Stimme.«

»Dass ich Sänger bin, habe ich von meiner Mutter. Dass ich Musiker bin, habe ich von meiner Mutter.«

Ein Muttersohn. Ist er danach auf der Suche: nach Bemutterung?

Die Zeit wird knapp. Entweder trägt er seine Sache endlich vor, oder sie steigt in ihr Auto und fährt nach Hause, und das ist dann das Ende. Es ist Zeit für seine grandiose Arie. Er muss singen – das fordert sie. Auf Italienisch, Spanisch, Englisch, es spielt keine Rolle. Sogar auf Polnisch.

»Werte Dame«, sagt der Pole, »ich bin kein Dichter. Ich kann nur sagen, seit ich Sie getroffen habe, sind meine Gedanken voll von Ihnen, von Ihrem Bild. Ich reise von einer Stadt zur anderen und wieder anderen, das ist mein Beruf, aber Sie sind immer bei mir. Sie beschützen mich. Ich spüre Frieden in mir. Ich sage zu mir, ich muss sie finden, sie ist mein Schicksal. Deshalb bin ich hier. Und freue mich so darüber, Sie zu sehen!«

Sie schenkt ihm Frieden. Sie schenkt ihm Freude. Keine

besonders grandiose Arie. Außerdem ist ihm sein Schicksal offenbart worden, und das ist sie. Doch was ist mit ihr? Hat sie nicht auch ein Schicksal? Was könnte dieses Schicksal sein? Wann wird es offenbart?

11.

Sie hat keinen Grund, ihm nicht zu glauben, wenn er sagt, ihretwegen, wegen einer zufälligen Einladung, die ihn nach Barcelona führte, hat er jetzt Perioden des Friedens und der Freude. Er trägt ihr Bild mit sich, wie ein Liebender früher das Bild seiner Liebsten in einem Medaillon um den Hals trug. Sehr nett. Wenn sie jung wäre, wenn er jung wäre, könnte sie sich geschmeichelt fühlen. Aber von einem Mann Jahrgang 1943, einem Mann, der ihr Vater sein könnte, ist seine Werbung um sie weder amüsant noch schmeichelhaft. Sie ist allenfalls geschmacklos.

»Hören Sie mir zu, Witold«, sagt sie. »Sie kennen mich kaum, ich möchte Ihnen deshalb sagen, wer ich bin. In erster Linie bin ich eine verheiratete Frau. Kein freier Geist, sondern eine Frau mit einem Ehemann und Kindern und einem Zuhause und Freunden und Verpflichtungen aller Art, emotionalen Verpflichtungen, gesellschaftlichen Verpflichtungen, praktischen Verpflichtungen. In meinem Leben gibt es keinen Platz für – wie soll ich es nennen? – eine Herzensaffäre. Sie erzählen mir, dass Sie ein Bild von mir mit sich herumtragen. Gut. Doch ich trage kein Bild von Ihnen mit mir herum. Ich trage kein Bild von irgendjemandem mit mir herum. Das ist nicht meine Art. Sie haben Barcelona besucht, Sie haben ein Klavierkonzert gegeben, das uns alle erfreut hat; wir haben zusammen gespeist; und das war es dann. Sie sind in mein Leben getreten, Sie sind aus meinem Leben verschwunden. *Terminado*. Wir haben keine gemeinsame Zukunft, Sie und ich. Es tut mir leid, das zu sagen, aber es ist die Wahrheit. Ich glaube, wir sollten jetzt umkehren. Es wird spät.«

12.

»Ich will einen Vorschlag machen«, sagt der Pole.

Sie sitzen in einem Café gegenüber der Straße, wo sie ihr Auto geparkt hat.

»Nächsten Monat gehe ich auf eine Amerikatournee. Nach Amerika gehe ich nach Brasilien. Dort habe ich drei Konzerte. Kennen Sie Brasilien? Nein? Vielleicht wollen Sie mit mir nach Brasilien kommen.«

»Sie wollen, dass ich nach Brasilien mitkomme?«

»Ja. Wir machen Urlaub. Mögen Sie das Meer? Wir können unseren Urlaub am Meer verbringen.«

Sie liebt das Meer, sehr sogar. Sie ist eine gute Schwimmerin, stark im Wasser wie eine Robbe. Stark und flink. Aber darum geht es nicht.

»Und was soll ich meinem Mann sagen?«, fragt sie. »Dass ich mit einem Mann, den ich kaum kenne, nach Brasilien gehe? Und Sie? Was haben Sie vor, Ihrer Frau zu sagen? Das haben Sie mir nicht mitgeteilt – sind Sie verheiratet?«

Er setzt seine Tasse ab; seine Hand zittert sichtlich. Macht sie ihn nervös? Wird er gleich eine Lüge erzählen?

»Nein, ich bin nicht verheiratet. Ich war einmal verheiratet, aber jetzt nicht mehr. Sagen Sie Ihrem Mann die Wahrheit. Die Wahrheit ist immer gut. Er ist ein Mann mit Affären. Er ist frei, Sie sind frei.«

»Was Sie nicht sagen. Sie wissen nichts über meinen Mann. Er ist kein ›Mann mit Affären‹. Und ich bin auch keine ›Frau mit Affären‹. Und ich will Ihnen etwas sagen, was Sie zukünftig nutzen können: So fängt ein Mann das nicht an, wenn er eine Frau dazu überreden will, mit ihm nach Brasilien zu gehen. Vielleicht funktioniert das ja in Polen, aber hier nicht. Ich muss jetzt los. Ich habe eine lange Fahrt vor mir.«

Sie erhebt sich. Es ist die letzte Chance des Polen. Er steht ebenfalls auf, richtet sich zu seiner vollen und beträchtlichen Größe auf, packt sie bei den Schultern. Die Leute am Nachbartisch schauen her – werden sie Zeuge eines Ehestreits? Sie entzieht sich seinem Griff. »Ich muss wirklich gehen.«

13.

Auf der Autobahn, kurz vor der Abfahrt nach Malgrat kommt sie an einem Unfall vorbei: verbogenes Metall, Polizeiautos, ein Krankenwagen. Sie schaudert. *Wenn ich das nun gewesen wäre? Was würden die Leute sagen? »Was hat sie denn in Girona gewollt?«*

Ja, was hat sie denn in Girona gewollt? Es wirkt schon wie eine Verirrung – dem Lockruf eines Mannes zu folgen, dessen Namen sie nicht aussprechen kann. Seinem Lockruf zu folgen, doch sich dann wieder zu fangen, Gott sei Dank! *Kommen Sie mit mir nach Brasilien.* Was für ein Unsinn!

14.

Sie redet mit ihrem Mann. »Ich weiß nicht, ob du dich daran erinnerst, aber vor einigen Monaten hatten wir einen Pianisten aus Polen im Konzertkreis. Es stellt sich heraus, dass er jetzt in Girona ist und im Konservatorium Unterricht gibt. Er hat mich dorthin eingeladen.«

»Ja? Und du wirst hinfahren?«

»Ich bin heute Nachmittag dort gewesen. Er möchte, dass ich mit ihm nach Brasilien gehe. Er hat sich in mich verliebt. Das sagt er.«

»Und wirst du es tun?«

»Natürlich nicht. Ich erzähle es dir nur.«

Warum erzählt sie es ihm? Damit sie einen Strich unter die Geschichte ziehen kann. Damit ihr Gewissen rein ist.

»Bist du eifersüchtig?«, fragt sie.

»Natürlich bin ich eifersüchtig. Ich wäre eifersüchtig auf jeden Mann, der sich in dich verliebt.«

Aber er ist nicht eifersüchtig. Das sieht sie. Wenn überhaupt, ist er amüsiert – amüsiert, dass ein anderer Mann anstreben könnte, was ihm allein gehört, was er so mühelos besitzt.

»Wirst du ihn wiedersehen?«, fragt ihr Mann.

»Nein«, sagt sie. Und dann: »Es geht nicht um Sex.«

»Natürlich geht es um Sex. Warum hat er dich denn sonst nach Brasilien eingeladen? Um am Piano neben ihm zu sitzen und ihm die Noten umzublättern?«

15.

Vom Polen trifft eine lange E-Mail ein, die sie überfliegt. Frieden scheint das Schlüsselwort zu sein. Sie bringt ihm Frieden. Frieden im Gegensatz wozu? Krieg? Was weiß er von Krieg, den ganzen Tag vor einem Klavier sitzend, den Kopf in den Wolken?

Weiter vorn sieht sie flüchtig das B-Wort, *Brasilien*. Ohne weiterzulesen, löscht sie die E-Mail.

16.

Sie interessiert sich nicht für die Affären ihres Mannes, absichtlich nicht. Im Gegenzug achtet er darauf, sich nicht mit Frauen ihres gemeinsamen Kreises einzulassen. Das ist der Modus Vivendi, den sie gefunden haben, und er hat sich für sie beide bewährt.

17.

Eine neue E-Mail vom Polen. Heute ist sein letzter Tag in Girona, morgen wird er auf dem Weg zum Flughafen und zu seinem Rückflug nach Berlin durch Barcelona kommen. Ob sie sich zum Essen mit ihm treffen würde? »Leider habe ich keine Zeit«, antwortet sie. »Gute Reise. Beatriz«

18.

Sie sucht die CDs hervor, die er ihr geschickt hat, holt die Walczykiewicz-CDs aus der kleinen Bibliothek des Konzertkreises und hört sie sich ganz allein an. Warum? Weil sie sich vorzustellen bereit ist, dass der Mann, was er nicht in seinem dürren Englisch auszudrücken vermag, vielleicht durch seine Kunst ausdrücken kann.

Sie beginnt mit den *Nocturnes*. Was hat Chopin der Welt mitgeteilt, als er seine *Nocturnes* erträumte? Wichtiger noch, was hat der Pole der Welt an dem Tag mitgeteilt, als er die Aufnahme gemacht hat? Und am allerwichtigsten, was könnte der Pole an dem Tag, als er die Aufnahme gemacht hat, einer Frau über sich selbst offenbart haben, einer Frau, von deren Existenz in der realen Welt er damals noch keine blasse Ahnung hatte?

Wie schon früher ist sie enttäuscht. Ihr wird kalt bei – wie soll sie es nennen? – dem Stil, der Herangehensweise, der Mentalität des Interpreten. So trocken, so nüchtern! Jedes Stück wird einer Begutachtung unterzogen, wird geprüft und dann, mit dem Schlussakkord, weggelegt und bestattet.

Vielleicht ist die Wahrheit, dass der Pole schon zur Zeit, als er die Aufnahme gemacht hat (sie prüft die Angaben auf der CD: 2009, steht da), zu alt im Geist für eine solche Musik gewesen ist, eine Musik, die zu leidenschaftlicheren Seelen gehört.

Es hat etwas mit dem Anschlag zu tun, damit, wie der Pianist die Tasten berührt. Sie erinnert sich an die Berührung seiner Hand am Abend ihrer Begegnung im Taxi; sie erinnert sich an die Berührung seiner Lippen auf ihrer Wange, als er sie in Girona begrüßte. Knochentrockene Berührungen. Ein lebendes Skelett. Sie fröstelt. Auch sie hat ein Skelett, aber anders als das seine ist ihres geisterhaft, ungreifbar.

Ist das also ihr abschließendes Urteil über ihn: zu trocken, zu wenig Leidenschaft? Ist es das, was sie sich bei einem Mann wünscht: Leidenschaft? Wenn Leidenschaft morgen auftauchen würde, aus heiterem Himmel, und sich offenbaren würde – echte, heiße Leidenschaft –, wäre in ihrem Leben Raum dafür? Sie bezweifelt es.

19.

Von all der Musik, die er aufgenommen hat, gefallen ihr die Mazurkas am besten. Er wird am lebendigsten, wenn er sich seinem Meister in diesen Bauerntänzen anschließt. Seltsam: Sie kann ihn sich nicht als Tänzer vorstellen.

20.

Vielleicht liegt es schließlich nicht allein am Polen, an den zwei Polen – dem jungen, längst tot, dem alten, noch gegenwärtig. Vielleicht liegt es zum Teil auch an ihr. Was ihr an Musik heutzutage gefällt, ist scheinbar nur Gesang und Tanz, kein Drama mit seinem Auf und Ab *(forte! piano! forte! piano!)* und ganz bestimmt kein Philosophieren. Musik, die die Zeit damit verbringt, nach etwas Verlorenem zu suchen (Mahler), lässt sie gähnen. Deshalb interessiert sie letztendlich auch der Pole nicht. Beim Durchstreifen der Welt auf der Suche nach seinem verlorenen Etwas, ist er zufällig auf sie, Beatriz, gestoßen und hat sie zu einem Fetisch gemacht. Sie bringen mir Frieden – was für ein Unsinn! *Ich bin nicht die Antwort auf das Rätsel Ihres Lebens, Señor Witold – auf Ihr oder irgendjemandes Rätsel!* Das hätte sie ihm antworten sollen. *Ich bin, die ich bin!*

21.

Seit Jahren haben sie und ihr Mann kein gemeinsames Schlafzimmer mehr. Diese Vereinbarung ist ihnen beiden recht. Sie geht gern früh nach einem heißen Bad zu Bett, während er gern bis spät aufbleibt. Sie schläft allein besser und er vielleicht auch. Sie schläft jede Nacht acht Stunden, manchmal neun. Sie schläft tief und gesund.

Sie und ihr Mann sind nicht mehr intim. Sie gewöhnt sich daran, ohne Sex auszukommen. Sie scheint ihn nicht zu brauchen. Ihr Klimakterium ist noch nicht da, aber es ist nicht mehr fern. Dann wird sie nicht mehr fruchtbar sein, und der leise Schrei des Körpers nach Vereinigung wird ersterben.

22.

Ihre Freundinnen haben Affären, sie aber nicht. Ihre Freundin Margarita hat eine Affäre mit einem bekannten und in den Medien präsenten Professor der Anthropologie, einem verheirateten Mann. Sie treffen sich in Hotels oder in einer Wohnung, die einem ihnen gefälligen Kollegen gehört.

23.

Sie hat Argentinien bereist, doch nicht Brasilien. Sie hätte gegen einen Besuch Brasiliens nichts einzuwenden. Es ist offenbar ein interessantes Land. Vielleicht fände ihr älterer Sohn, der als Chemiker für eine Agronomiegesellschaft arbeitet, es nützlich, sie dorthin zu begleiten. Er könnte die brasilianische Landwirtschaft erforschen.

24.

Sie hat nicht die Absicht, in Begleitung des polnischen Pianisten nach Brasilien zu reisen. Außerdem, wenn sie es täte, wie würde er sie seinen brasilianischen Gastgebern erklären – dem brasilianischen Äquivalent zu ihrem Konzertkreis? »Das ist Beatriz, eine langjährige Freundin aus Barcelona, die mich auf meiner Tournee begleitet. Beatriz wollte schon lange euer unendlich vielseitiges Land sehen.« Oder: »Das ist Beatriz, die ich mitgenommen habe, damit sie meine Stirn kühlt und mir Frieden schenkt.« Oder: »Das ist Beatriz, eine Frau, die ich kaum kenne, die aber offenbar die Antwort auf das Rätsel ist, warum ich existiere.«

25.

Ein verliebter alter Mann. Lächerlich. Und eine Gefahr für sich selbst.

26.

Er hat seine Chance gehabt, als er sie in dem Café in Girona bei den Schultern gepackt und ihr sein Gesicht genähert hat, seine kalten blauen Augen. Das war der Augenblick für ihn, um sie zu beeindrucken, um ihren Widerstand zu brechen. Doch er zögerte und verlor sie.

27.

Sie mag das Portugiesische nicht, mit seinen knappen, erstickten Lauten. Aber vielleicht ist ja das in Brasilien gesprochene Portugiesisch anders.

28.

Sie denkt daran, wie es wäre, ein Bett mit diesem riesigen Knochengerüst zu teilen, und schaudert vor Abscheu. Diese kalten Hände auf ihrem Körper.

29.

Warum sie? Was ist im Laufe des Abends, den sie beim Dinner im Boffini's verbrachten, geschehen, das ihn denken ließ: *Das ist mein Schicksal! Das ist eine Frau, der ich meine letzte Liebe widmen muss?* Wenn Margarita an dem Tag nicht krank, sondern mit dabei gewesen wäre, hätte er sich stattdessen in Margarita verliebt, und wäre Margarita nun die nach Brasilien Eingeladene, um ihm die Stirn zu kühlen und sein Bett zu teilen?

Frieden: Das will er, wie er sagt. Wie ein sturmgeplagter

Seefahrer die Sichtung von Land erfleht, so fleht er nach Frieden. Nun, Margarita ist kein Friedensengel, wie er bald entdecken würde. Margarita würde ihn mit neuer, modischerer Kleidung ausstatten, ihn zu ihrer *esteticista* mitnehmen, damit die sich um seine Augenbrauen kümmert, sie würde ihn mit Medieninterviews versorgen. Und was den Sex angeht, würde er in seinem Alter dem hohen Anspruch von Margarita genügen?

Vielleicht ist das in Wahrheit der Grund, warum er sich für sie, Beatriz, entschieden hat. Weil er in seinem Beruf auf zu viele Frauen wie Margarita trifft, energiegeladen, brillant, besitzergreifend; weil sie, Beatriz, an jenem Abend bei Boffini's als Inbegriff der unaufdringlichen, anspruchslosen, doch völlig vorzeigbaren Frau erschien, die sich um seine Bedürfnisse kümmern würde, ohne allzu viel Umstände zu machen. Wenn das so sein sollte, wie beleidigend!

30.

Sie schreibt ihm eine E-Mail, auf Englisch: »Dear Witold, ich hoffe, dass dein Konzert in Berlin gut verlaufen ist. Ich habe über unser letztes Gespräch nachgedacht und mich gefragt, wie in aller Welt du zu dem Schluss gekommen bist, dass ich die Verkörperung von Frieden sei. Ich verkörpere weder Frieden noch sonst etwas. Tatsache ist, du weißt nichts darüber, wer oder was ich bin. Es war der reinste Zufall, dass dein Pfad den meinen gekreuzt hat. Es war kein Plan dahinter. Ich war nicht für dich bestimmt, wie du zu glauben scheinst. Ich war für niemanden ›bestimmt‹. Keiner von uns ist ›bestimmt‹, was das Wort auch bedeuten mag. Deine Beatriz«

31.

Zwischen einem Mann und einer Frau, zwischen den zwei Polen, knistert entweder Elektrizität, oder sie knistert nicht. So war es seit Anbeginn der Zeit. Ein Mann *und* eine Frau, nicht bloß ein Mann, eine Frau. Ohne *und* gibt es keine Verbindung. Zwischen ihr und dem Polen gibt es kein *und*.

Nächsten Monat wird der Countertenor Thomas Kirchwey Gast des Konzertkreises sein, der ein Programm mit Händel, Pergolesi, Philip Glass und einem gewissen Martynov, von dem sie noch nie gehört hat, bieten wird. Vielleicht wird sich herausstellen, dass Thomas Kirchwey ihr wahrer Pol ist, der den falschen Pol, den polnischen Bewerber, in den Schatten stellen wird.

32.

Sie liest ihren Brief noch einmal durch, entscheidet, dass er zu verärgert klingt, löscht ihn. Warum klingt er verärgert? Sie war nicht verärgert, als sie ihn geschrieben hat.

33.

Sein Idol Chopin war ein kränklicher Mann, der sich von einer Frau umsorgen ließ. Vielleicht ist es das, was der Pole wirklich will: eine Krankenschwester, die sich an seinem Lebensabend um ihn kümmert.

34.

»Dieser Pianist, von dem du mir erzählt hast, der mit dem langen Namen«, sagt ihr Mann, »hast du dich schon entschieden?«

»Mich wozu entschieden?«

»Ob du mit ihm nach Brasilien reisen wirst.«

»Natürlich nicht. Was hat dich auf die Idee gebracht, dass ich es tun würde?«

»Weiß er denn, dass du nicht mit ihm kommen wirst?«

»Selbstverständlich. Ich habe es ihm deutlich gesagt.«

»Ruft er dich an? Schreibt er dir? Führt ihr einen Briefwechsel?«

»Einen Briefwechsel? Nein. Ich beantworte keine weiteren Fragen. Findest du nicht, dass das eine merkwürdige Unterhaltung für uns beide ist – für ein zivilisiertes Ehepaar?«

35.

Nun gibt es zwei Rätsel zu lösen: warum ihre Gedanken immer wieder zu dem Polen wandern; und warum ihr Mann feindselig geworden ist.

Das zweite ist leichter zu beantworten. Ihr Mann hat etwas in der Luft Liegendes gerochen und reagiert darauf. Es ist eine Sache der Psychologie, nichts weiter.

Das erste ist keine Sache der Psychologie. Es ist eine Sache von vermissten Dingen, und für vermisste Dinge scheint es bisher keine -ologie zu geben. Mysterologie? Mystagogie?

36.

Zwei Bilder von Brasilien tauchen vor ihrem geistigen Auge auf, zwei Stereotypen: braungebrannte Körper, die an strahlend weißen Stränden faulenzen; und Frauen mit schreienden Babys, die in undichten Bretterbuden über Gasherden schwitzen. Natürlich ist das nicht das ganze Brasilien. Ein drittes Brasilien, ein viertes Brasilien, ein hundertstes Brasilien warten auf den Besucher.

37.

Brasilien stellt keine Krise in ihrer Ehe dar. Es gibt keine Krise in ihrer Ehe. Sie hat nicht die Absicht, ihren Mann zu verlassen; und ihr Mann wäre töricht, wenn er sie verließe. Sie ist nicht verliebt in den Polen. Höchstens tut er ihr leid – er tut ihr leid, weil er einsam und alt ist und einer Welt fremd gegenübersteht, die seine distanzierte Interpretation von Chopin immer weniger schätzt. Er tut ihr auch leid wegen seiner Fixierung auf sie (er mag es Liebe nennen, sie aber nicht).

38.

Brasilien in seiner Begleitung wäre unmöglich. Wie würden sie die Zeit verbringen, wenn er nicht der brasilianischen High Society Chopin vorspielt? An langen weißen Stränden inmitten braungebrannter brasilianischer Körper spazieren gehen? Zur Musik brasilianischer Bands tanzen?

Sie liebt vertraute Dinge. Sie liebt es bequem. Sie mag keine Neuigkeit um der Neuigkeit willen. Kein Wunder, dass ihr Mann findet, ihr fehle Neugier.

Martynov beispielsweise – sie hat noch nie von Martynov gehört, daher ist sie geneigt, seine Musik nicht zu mögen. Es wirft kein gutes Licht auf sie.

39.

Warum geißelt sie sich, gibt sich den Anschein, als sei sie töricht und selbstgefällig und sogar spießig? Was ist in sie gefahren?

40.

Sie träumt nicht. Sie träumt nie. Sie schläft lang und tief und traumlos und wacht am Morgen erfrischt, erneuert auf. Mit ihrem erholsamen Schlaf und ihrer gesunden Lebensweise wird sie wahrscheinlich hundert Jahre alt werden.

Statt zu träumen, stellt sie sich gern etwas vor. Sie kann sich nur zu gut vorstellen, wie eine Woche in Brasilien in Begleitung des Polen sein würde. Besonders kann sie sich vorstellen, wie es sein würde, wenn sie miteinander schliefen. Sie müsste so tun, als sei sie in Ekstase, und er müsste so tun, als glaube er ihr.

Ich entbinde dich: Das müsste sie zu ihm sagen, ehe sie den Fuß auf brasilianischen Boden setzen. *Ich entbinde dich von allen erotischen Pflichten. Du schläfst in deinem Bett, und ich werde in meinem schlafen.*

41.

Sie fragt sich, ob er ein Tagebuch führt. *Tagebuch eines Verführers*. Würde er wagen, sie in sein Tagebuch aufzunehmen? Die Woche, die er mit einer gewissen Dame aus Barcelona, »die aus Respekt vor ihrer Familie namenlos bleiben soll«, in Brasilien verbrachte.

Drei

1.

Es kommt eine E-Mail mit einer angehängten Audiodatei: Chopins b-Moll-Sonate. »Diese Aufnahme ist nur für dich. Auf Englisch kann ich nicht sagen, was in meinem Herzen ist, deshalb sage ich es in Musik. Ich bitte dich, höre es an.«

Sie gehorcht. Sie hört es sich an, mit habichtähnlicher Aufmerksamkeit für die Phrasierung, die Modulation, die winzigsten Accelerandos und Ritardandos – für alles, was als eine private Botschaft gedeutet werden könnte. Am Ende hat sie nichts entdeckt, ist verwirrt. Es klingt genau wie die Deutsche-Grammophon-Aufnahme in der Bibliothek des Konzertkreises. Wenn er eine Botschaft hineingeschmuggelt hat, dann ist sie in einem Code, den sie nicht entschlüsseln kann.

2.

Zeit vergeht. Eine weitere E-Mail: »Ich werde im Oktober zum Chopin-Festival auf Mallorca sein. Vielleicht wird euer Konzertkreis mich nach Mallorca wieder einladen. Das hoffe ich von Herzen.«

Sie antwortet: »Lieber Witold, vielen Dank für die Aufnahme. Wie schön zu hören, dass du auf dem Chopin-Festival spielen wirst. Leider ist das Programm unseres Konzertkreises für den Rest des Jahres schon fertig. Mit freundlichen Grüßen, Beatriz«

Einen Tag später schreibt sie erneut. »Lieber Witold, zufällig besitzt die Familie meines Mannes ein Haus in der Nähe Sóllers, unweit von Valldemossa, wo das Chopin-Festival stattfindet. Mein Mann und ich werden dort im Oktober einige Zeit verbringen. Würdest du nach deinen Verpflichtungen gern zu uns kommen? Das Haus ist geräumig. Du wirst eine eigene Unterkunft haben. Lass mich wissen, was du davon hältst. Freundliche Grüße, Beatriz«

Er antwortet: »Vielen, vielen Dank, aber ich kann kein Freund der Familie sein. Witold« Er fügt ein PS an: *»Ein Freund der Familie* ist ein berühmter polnischer Roman. Man nennt ihn den polnischen *Werther*.«

Von *Werther* hat sie gehört, doch nicht von *Ein Freund der Familie*. Ist das eine weitere codierte Botschaft? Erwartet er, dass sie *Ein Freund der Familie* aufstöbert und den Roman liest? Ein unmöglicher Mann!

3.

Sie spricht mit ihrem Mann. »Werden wir im Oktober noch nach Sóller reisen?«

»Ja, wenn du möchtest, wenn das Haus frei ist.«

»Das Haus wird frei sein. Ich habe daran gedacht, Tomás und Eva mit Kind zu fragen.«

»Gut! Gut! Triffst du die Vorbereitungen? Aber nicht länger als eine Woche.«

»Ich werde die Vorbereitungen treffen, aber ich werde wahrscheinlich nach deiner Abreise noch dortbleiben. Eine Woche ist zu kurz.«

Sie ist nicht oft falsch. Lieber ist sie offen. Lieber legt sie die Karten auf den Tisch. Doch manchmal ist es keine gute Idee, die Karten auf den Tisch zu legen.

4.

Sie spricht mit Tomás, ihrem Sohn. »Unmöglich«, sagt er. »Ich kann mir nicht freinehmen, und außerdem ist es kein Vergnügen, mit einem Baby zu reisen.«

5.

Sie bucht Flüge und ruft die Haushälterin in Sóller an, um sie zu beauftragen, das Haus zu öffnen.

Sie macht gern Pläne, kümmert sich um Details. Wenn der Konzertkreis problemlos läuft, dann ist das ihrem Fleiß und ihrer Detailbesessenheit zu verdanken.

6.

Sie hat nicht die Absicht, nach Valldemossa zu gehen, um den Polen spielen zu hören. Soll er doch zu ihr kommen.

Heimliche Pläne.

7.

Das Haus außerhalb von Sóller wurde während der 1940er Jahre vom Großvater ihres Mannes gekauft, der sein Vermögen als Reeder verdient hatte. Als er es erwarb, war es noch der Mittelpunkt einer funktionierenden Finca, doch im Laufe der Jahre verkaufte er das Land Parzelle für Parzelle, bis ihm nur das große Haus mit seinen Nebengebäuden blieb.

Dort hatte ihr Mann als Kind seine Ferien verbracht, und er hängt noch sehr an dem Ort. Er hängt an ihm, doch er besucht ihn immer weniger, sie versteht nicht, warum. Sie selbst hat sich in das alte Haus verliebt, mit seinem schmucklosen Mauerwerk, seinen hohen Räumen, düsteren Gängen und dem kühlen Hof mit dem wild wuchernden Bleiwurz und Bougainvillea und dem großen alten Feigenbaum in der Mitte.

8.

Es gibt die Gewissensfrage. Wird ihr Gewissen sie quälen, weil sie den Polen eingeladen hat? Ihr Gewissen hat sie nicht gequält, weil sie dem jungen Mann in der Sporthalle letztes Jahr gestattet hat, mit ihr zu flirten, und weil der sie einmal abgefangen und zu küssen versucht hat (sie gab Nacken und Hals frei, doch nicht die Lippen). Ist es eine Frage des Territoriums? Ist die Sporthalle neutrales Gebiet, während das Haus in Sóller seit zwei Generationen das Gebiet ihres Mannes und das seiner Familie ist?

Der Pole ist in den Siebzigern, an seinem Lebensabend. Der Mann in der Sporthalle war in den Zwanzigern, mit einem vitalen Mannesleben vor sich. Die Fälle sind kaum vergleichbar. Es wäre verzeihlich, wenn ihr Mann eifersüchtig auf den Mann in der Sporthalle wäre, doch nicht, wenn er eifersüchtig auf den Polen wäre. Ein Mann vom Alter des Polen sollte kein Anlass für Eifersucht sein, er hat diese Kraft nicht. Auf jeden Fall hat sie nicht die Absicht, mit ihm zu schlafen. Wenn er nach Sóller kommt, kann er sich an ihrer häuslichen Routine beteiligen. Er kann sie zum Supermarkt begleiten und ihr die Einkäufe tragen helfen. Er kann Blätter aus dem Swimmingpool fischen. In einem der Gästezimmer gibt es ein altes Klavier – er kann es stimmen und für sie spielen. Am Ende der Woche werden sich seine romantischen Phantasien in Rauch aufgelöst haben. Er wird sie erlebt haben, wie sie wirklich ist. Dann kann er als traurigerer und weiserer Mann in seine Heimat zurückkehren.

9.

»Erinnerst du dich an den polnischen Pianisten, der mich gebeten hat, mit ihm nach Brasilien zu fliegen?«, fragt sie ihren Mann. »Er wird zur gleichen Zeit wie wir in Mallorca sein. Er wird auf dem Chopin-Festival spielen. Hast du etwas dagegen, dass ich ihn zum Essen einlade?«

»Natürlich nicht. Aber würdest du dich nicht lieber allein mit ihm treffen?«

»Nein, ich denke, er sollte mich *en famille* sehen. Das sollte ihn auf den Boden der Tatsachen bringen. Er hat ziemlich abgehobene Vorstellungen von mir.«

Heimliche Pläne.

10.

Ihre Einladung an den Polen ist mit ungewöhnlich präzisen Bedingungen verbunden. Wenn er sie treffen möchte, sollte er seine Ankunft für das und das Datum planen und seine Abreise an dem und dem Datum. Er sollte mit dem Bus 203 von Valldemossa bis zum Busbahnhof in Sóller fahren. Wenn er sie vorher anruft und ihr seine Ankunftszeit mitteilt, wird sie ihn abholen. Er wird nicht im Haupthaus untergebracht sein, sondern in einem Cottage auf dem Grundstück. Das Cottage hat eine voll ausgestattete Küche, falls er für sich kochen will. Ansonsten ist er eingeladen, mit ihr, Beatriz, seiner Gastgeberin zu essen, was von der Haushälterin zubereitet wird. Über seine Zeit kann er frei verfügen.

Es klingt, und das absichtlich, wie eine Einladung an einen zahlenden Gast.

11.

Als die Zeit gekommen ist, reisen sie und ihr Mann nach Sóller und verbringen eine schöne ruhige Woche miteinander. Das Wetter ist etwas kühl, etwas windig, aber nicht unangenehm. Die Straßen sind leer, die meisten Touristen sind fort. Sie fahren nach Banyalbufar, nach Paguera, wo sie sich bei ausgedehntem Schwimmen erfrischt. Sie speisen in einem Restaurant in Fornalutx, wo sie immer gern hingegangen sind.

12.

»Was ist mit dem polnischen Musiker geschehen?«, fragt ihr Mann. »Ich dachte, er kommt zum Essen.«

»Es hat terminlich nicht geklappt«, antwortet sie. »Er ist vor nächster Woche nicht frei, und da bist du schon wieder weg.«

»Wie schade«, sagt ihr Mann. »Ich hätte ihn gern kennengelernt.«

Er lächelt. Sie lächelt. Sie haben schon früher schwierige Passagen umschifft, sie werden auch diese umschiffen.

13.

Ihr Mann reist ab. Der Pole kommt an. Sie holt ihn mit dem kleinen Suzuki, den sie in Sóller unterhalten, vom Busbahnhof ab. Seit Girona ist fast ein Jahr vergangen. Er ist sichtlich gealtert. Er ist wirklich ein alter Mann.

Es ist ganz natürlich, dass er älter geworden ist. Warum sollte er gefeit gegen die Verwüstungen der Zeit sein? Dennoch ist sie enttäuscht – mehr als enttäuscht, schockiert.

Sie überlegt, was die Zuhörer in Valldemossa von ihm gehalten haben. *Ein Gespenst aus der Vergangenheit* – haben sie das gedacht? Doch vielleicht verströmt er für manche eine zeitlose Autorität, wenn er sich an der Klaviatur niederlässt.

14.

Er küsst sie auf beide Wangen. »Du siehst so frisch, so schön aus«, murmelt er. Seine Lippen sind trocken, seine Haut weich, wie bei einem kleinen Kind – die Haut eines alten Mannes.

15.

Schweigend fahren sie zum Haus. Die Straße den Berg hinauf ist voller Schlaglöcher, doch sie ist eine gute Fahrerin, besser als die meisten Männer, die sie kennt. Auf der Insel überlässt ihr Mann das Fahren ihr. »Ich weiß, dass ich in sicheren Händen bin«, sagt er.

16.

Sie zeigt dem Polen sein Cottage. »Ich lasse dich erst einmal auspacken und dich eingewöhnen. Wenn das Essen fertig ist, wird Loreto läuten.«

»Du bist gnädig«, sagt der Pole.

Gnädig: was für ein altmodisches, weltfremdes Wort. Hat es noch eine Bedeutung? Maria, du Gnadenreiche, bitte für uns.

17.

Er erscheint pünktlich auf das Glockenzeichen hin. Er hat sich umgezogen. Er trägt jetzt Sandalen, cremefarbene Hosen, ein himmelblaues Hemd. Er hat einen Panamahut auf, bereit für alles, was der Nachmittag bringen wird.

Sie stellt ihm Loreto vor. *No habla espagñol*, sagt sie Loreto. Er spricht nicht Spanisch. Loreto bedenkt ihn mit einem schmallippigen Lächeln, einem Nicken des Kopfes. *Señor*.

Loreto kümmert sich um dieses Haus und noch ein anderes, weiter unten im Tal, das einem Mexikaner gehört. Sie kommt auf einem 125-Kubikzentimeter-Moped und fährt damit wieder ab. Ihr Mann ist Gelegenheitsarbeiter und Gärtner. Sie haben einen Sohn und eine Tochter, beide sind erwachsen und verheiratet, beide leben auf dem Festland.

An Loreto ist nichts überraschend. Das heißt, nichts, was sie über Loreto weiß, überrascht sie, nicht einmal das Moped. Aber Loreto hat natürlich ein eigenes Leben, verborgen vor ihren Arbeitgebern, das sehr wohl voller Überraschungen sein kann. Zum Beispiel kann es darin Loretos Äquivalent zum Polen geben – einen Mann, der sie, Loreto, gnädig und begehrenswert findet. Es ist reiner Zufall, dass die hier erzählte Geschichte nicht von Loreto und ihrem Mann handelt, sondern von ihr, Beatriz, und ihrem polnischen Verehrer. Wenn der Würfel anders gefallen wäre, würde die Geschichte von Loretos verborgenem Leben handeln.

18.

»Ich hoffe, du hast Hunger. Loreto hat uns ein *tumbet* nach alter Art gemacht. Kennst du das? Haben sie das in Valldemossa serviert? In Cataluña haben wir ein ähnliches Gericht, aber wir nennen es *samfaina*.«

Sie ist schon immer eine gute Gastgeberin gewesen, geschickt darin, Gästen die Befangenheit zu nehmen. Es ist besonders wichtig, dem Polen die Befangenheit zu nehmen, ihn sich wohlfühlen zu lassen, damit er bei seiner Abreise voller angenehmer Erinnerungen ist.

»Dein Mann ist nicht mitgekommen?«, fragt der Pole.

»Mein Mann ist mitgekommen, wurde aber dann in sein Büro zurückgerufen. Er lässt sich entschuldigen. Er bedauert, dass er dich nicht kennenlernen konnte.«

»Ist er ein guter Mann, dein Ehemann?«

Was für eine seltsame Frage. »Ja, ich glaube, er ist ein guter Mann. In unserer Zeit ist es nicht schwer, gut zu sein.«

»Ja? Glaubst du das?«

»In der Tat. Wir leben in glücklichen Zeiten. In glücklichen Zeiten ist es nicht schwer, gut zu sein. Bist du anderer Meinung?«

»Ich lebe nicht in glücklichen Zeiten. Aber ich versuche, gut zu sein.«

Sie begreift nicht, wie die auf der einen Seite des Tisches sitzende Person in glücklichen Zeiten leben kann, die Person auf der anderen Tischseite aber nicht, doch sie lässt es durchgehen. »Erzähl mir doch von deiner Tochter, der Sängerin. Ich erinnere mich, dass du gesagt hast, sie lebt in Deutschland. Wie geht es ihr?«

»Ich will sie dir zeigen.« Er holt sein Smartphone heraus und zeigt ihr ein Foto von einem großgewachsenen Teenagermädchen mit ernstem Gesicht, ganz in Weiß. »Es ist ein altes Foto, aus alten Zeiten, doch ich behalte es. Jetzt ist es anders. Sie ist verheiratet, sie lebt in Berlin, sie und ihr Mann haben ein Restaurant, sehr erfolgreich, es bringt ihnen viel Geld ein. Das Singen? Das ist vorbei, denke ich. Also: erfolgreich, ja, aber nicht glücklich. Nicht gesegnet.«

Nicht gesegnet. Manchmal kann man nur raten, was der Mann meint, mit seinem dürftigen Englisch. Sagt er etwas Tiefsinniges, oder erwischt er nur die falschen Wörter, wie ein Affe, der vor einer Schreibmaschine sitzt? Sind Menschen mit viel Geld wirklich nicht glücklich? Sie hat viel Geld und ist glücklich, mehr oder weniger. Der Pole muss auch viel Geld haben, nach seinen vielen Konzerten, und wirkt nicht unglücklich. Trübsinnig vielleicht, doch nicht unglücklich. Vielleicht will er sagen, dass die Tochter in Berlin unzufrieden ist. Unzufriedenheit ist nicht selten. Unzufriedenheit: nicht wissen, was man will.

»Siehst du sie oft? Kommt ihr gut miteinander aus?«

Der Pole hebt die Hände mit den Handflächen nach oben, in einer Geste, die sie nicht deuten kann. Wo sie herkommt, bedeutet das: *Nur Mut, mach weiter!* Aber wo er herkommt, kann das etwas ganz anderes bedeuten: *Da kann man nichts machen*, zum Beispiel.

»Wir sind zivilisiert«, sagt der Pole. »Aber sie hat nicht meine Seele. Sie hat die Seele ihrer Mutter.«

Zivilisiert. Wie ist das zu verstehen? *Wir gehen uns nicht an die Gurgel? Wir gähnen uns nicht an? Wir begrüßen uns mit einem Küsschen auf die Wange?* Wie dem auch sei, für Vater und Tochter scheint es keine großartige Errungenschaft zu sein, wenn sie im Umgang miteinander zivilisiert sind.

»Glücklicherweise haben meine Kinder und ich die gleiche Seele. Dieselben Anlagen. In unseren Adern fließt dasselbe Blut.«

»Das ist gut«, sagt der Pole.

»Ja, das ist gut. Ich habe meinen älteren Sohn eingeladen, hier bei uns in Sóller zu sein. Er ist ein ernsthafter Mensch. Er würde dir gefallen. Leider konnte er nicht kommen. Er und seine Frau haben ein Neugeborenes, und seine Frau findet das Reisen beschwerlich. Das kann man verstehen.«

»Du bist also jetzt Großmutter.«

»Ja. Ich werde bei meinem nächsten Geburtstag fünfzig. War dir das bewusst?«

»Ein Gentleman fragt nicht nach dem Alter einer Dame.«

Er erklärt das, ohne die Miene zu verziehen. Lächelt er nie? Hat er kein Gespür für das Lächerliche?

»Manchmal ist es so«, sagt sie, »dass das, was ein Gentleman eine Dame nicht fragt, sich als das herausstellt, was der betreffende Gentleman über die Dame nicht wissen will. Was dem Gentleman nicht gefallen würde, wenn er es wüsste. Weil es einige der Vorstellungen über die Dame, die der Gentleman hat, über den Haufen werfen würde. Einige seiner vorgefassten Meinungen.«

Der Pole bricht ein Stück Brot ab, taucht es in die Sauce, antwortet nicht. Loreto in der Küchenecke hinten gibt vor, den Abwasch zu machen, doch ihr Verhalten deutet darauf hin, dass sie lauscht. Vielleicht versteht sie mehr Englisch, als sie sich anmerken lässt.

»Bist du fertig?«, fragt sie. »Bist du satt? Möchtest du Kaffee?«

19.

Loreto serviert ihnen Kaffee im Wohnzimmer, wo die großen Fenster (eine Innovation ihres Mannes) einen Blick über das Tal und seine Mandelhaine gestatten.

»So, Witold, endlich bist du nun hier, im sonnigen Mallorca in der Gesellschaft deiner schwer fassbaren Freundin. Bist du endlich glücklich?«

»Teuerste Dame, mir fehlen die Worte. Die englischen Worte, die Worte in jeder Sprache. Aber Dankbarkeit, ja. Dankbarkeit kommt aus meinem Herzen, du kannst es sehen.« Mit beiden Händen macht er eine seltsame, ungeschickte Geste, als würde er seinen Brustkorb von unten an öffnen und seinen Inhalt herausheben.

»Ich sehe es, ich glaube es. Aber deine großartige Absicht begreife ich immer noch nicht – deine Absicht, deinen Plan. Warum bist du hier, wo du nun hier bist? Was willst du von deiner Freundin?«

»Liebe Dame, vielleicht können wir wie normale Leute sein und normale Dinge tun – nicht wahr? Ohne einen Plan. Ein normaler Mann und eine normale Frau haben keinen Plan.«

»Wirklich? Glaubst du das? Meine Erfahrung ist das nicht. Meiner Erfahrung nach haben normale Männer und normale Frauen sehr oft Pläne, die sich auf den anderen beziehen. Absichten. Aber lass uns so tun, als hätten wir keinen Plan. Dann lass mich fragen: Wenn du nach Polen zurückgehst und deine Freunde zu dir sagen: ›Du hast eine Woche auf der Insel Mallorca mit einer Freundin verbracht! Wie war es?‹ Was wirst du antworten? Wirst du sagen, es war okay und nichts Außergewöhnliches dabei? Dass es genauso war, als wenn du in Polen gewesen wärst, nur dass die Sonne geschienen hat?«

Der Pole lacht plötzlich auf, kurz und explosiv. Jetzt hat sie ihn zum ersten Mal lachen gehört. »Du treibst mich immer in die Enge«, sagt er. »Du weißt, dass ich die englische Sprache nicht so gut beherrsche wie du. Wenn nicht *normal*, was ist ein besseres englisches Wort dafür?«

»*Normal* ist ein gutes Wort. Daran ist nichts falsch.«

»*Gewöhnlich*«, sagt er. »Vielleicht ist *gewöhnlich* besser. Ich habe den Wunsch, mit dir zu leben. Das ist mein Herzenswunsch. Ich wünsche mir, mit dir zu leben, bis ich sterbe. Auf eine gewöhnliche Weise. Seite an Seite. So.« Er flicht seine Hände fest zusammen. »Ein gewöhnliches Leben Seite an Seite – das möchte ich. Für immer. Auch im nächsten Leben, wenn es ein anderes Leben gibt. Wenn nicht, gut, dann akzeptiere ich das. Wenn du nein sagst, nicht für das übrige Leben, nur für diese Woche – gut, ich akzeptiere auch das. Sogar für nur einen Tag. Nur für eine Minute. Eine Minute ist genug. Was ist Zeit? Zeit ist nichts. Wir haben unsere Erinnerung. Für die Erinnerung gibt es keine Zeit. Ich werde dich in Erinnerung behalten. Und du, vielleicht wirst auch du dich an mich erinnern.«

»Natürlich werde ich mich an dich erinnern, du wunderlicher Mann.«

Sie äußert das ohne Vorbedacht, hört die Worte überraschend in ihrem Inneren widerhallen. Was sagt sie da? Wie kann sie versprechen, sich an ihn zu erinnern, wenn sie jeden Grund zur Annahme hat, dass die Episode des polnischen Musikers, der ihr in Sóller einen Besuch abstattete, blass und blässer werden wird, bis sie auf ihrem Sterbebett weniger als ein Staubkörnchen ist?

Der Mann scheint auf die Kraft der Erinnerung zu vertrauen. Sie würde ihm gern von der Kraft des Vergessens erzählen. Wie viel hat sie nicht vergessen! Und sie ist eine normale Person, eine gewöhnliche Person, überhaupt keine Ausnahme.

Was hat sie vergessen? Sie hat keine Ahnung. Es ist fort, ist vom Angesicht der Erde verschwunden, als hätte es nie existiert.

20.

Sie rafft sich auf. »Wollen wir einen Spaziergang machen?«, fragt sie. »Hast du feste Schuhe mitgebracht? Am späten Nachmittag frischt der Wind auf, wenn wir also gehen wollen, dann ist es jetzt am besten.«

Der Pole wechselt die Schuhe, und sie machen ihren Spaziergang, folgen einem Pfad, der sie zur Hügelkuppe führt, von wo aus man die Stadt überblickt. Er ist langsam, doch nicht so langsam, wie sie befürchtet hatte.

»Wie ist Polen so?«, fragt sie. »Ich bin nie dort gewesen, wie du weißt.«

»Polen ist nicht so schön wie dieses Land. Polen ist voller Müll. Jahrhunderte voll Müll. Wir vergraben ihn nicht. Wir verstecken ihn nicht. Um Polen zu lieben, muss man dort geboren sein. Du wirst mein Land nicht lieben, wenn du kommst.«

»Aber du liebst Polen.«

»Ich liebe Polen, und ich hasse Polen. Das ist nichts Besonderes. Das trifft auf viele Polen zu.«

»Dein Meister – Frédéric Chopin – hat Polen verlassen und ist nie zurückgekehrt. Du hättest das Gleiche tun können.«

»Ja, ich hätte mich von Polen verabschieden und eine Wohnung in Valldemossa kaufen und dort auf irgendeine französische Dame warten können, eine George Sand, die französische Männer mit rohen Sitten satthat, die einem sanften Polen ihre Liebe schenken möchte. Oder ich könnte eine Wohnung in Barcelona finden. Aber das wäre nicht gut für dich, also mache ich es nicht. Das stimmt doch – oder?«

In der Tat, in der Tat! Das stimmt in der Tat! Es wäre in der Tat nicht gut für sie, wenn dieser Mann sich vor ihrer Türschwelle herumdrücken und seinen Schatten auf sie werfen würde. »Das sehe ich genauso. Es wäre eine sehr schlechte Idee, wenn du in Barcelona leben würdest. Schlecht für mich und vielleicht noch schlechter für dich.«

Aber warum erwähnt er George Sand? Was er auch im Sinn haben mag, sie findet den Gedanken geschmacklos – sie als seine ausländische Geliebte, seine Teilzeitkrankenschwester.

Sie sind auf der Kuppe angekommen. Dort machen sie halt, blicken hinaus bis zur Küste. Liebende würden die Arme umeinander legen. Liebende könnten sich sogar küssen. Sie aber nicht.

»Über diesen Abend«, sagt sie, »würdest du gern ausgehen, oder soll ich für uns kochen? Es gibt das eine oder andere gute Restaurant in Sóller. Oder wir könnten weiter wegfahren.«

»Die Dame – sie heißt Loreta? –, kocht sie nicht für dich?«

»Loreto kommt nicht jeden Tag. Ihre Arbeitszeit endet auch um drei. Wenn wir wollen, dass sie abends wiederkommt, muss ich das mit ihr vereinbaren.«

»Heute Abend möchte ich lieber zu Hause bleiben. Morgen lade ich dich in ein Restaurant ein. Aber heute Abend bleiben wir zu Hause, und ich helfe dir kochen.«

»Gut, wir bleiben zu Hause. Ich koche, aber du hilfst nicht.« Sie stellt sich den Polen in der Küche vor, wie er herumtappt, Sachen umwirft, im Wege ist. »Ich koche, und du ruhst dich aus.« Als wenn sie mit einem Kind spräche.

21.

Fürs Abendessen macht sie ein großes Omelett mit Kräutern aus dem Garten und einen Salat. Sie ist entschlossen, alles schlicht zu halten. Wenn der Mann noch Hunger hat, ist immer Brot da.

Sie haben hier in Sóller einen guten Weinkeller. Das Auffüllen des Weinkellers ist die Sache ihres Mannes. Sie trinkt nicht viel; der Pole trinkt mehr.

»Ich habe ein Geschenk für dich«, sagt der Pole.

Sie löst das Band, hebt den Deckel von der kleinen Schachtel. Darin ist etwas, das wie ein Pinienzapfen aussieht.

»Es ist eine Rose«, erklärt er.

Es ist wirklich eine Rose, mit beträchtlicher Zartheit aus hellem Holz geschnitzt.

»Sie ist sehr schön«, sagt sie.

»Sie stammt aus dem Haus der Chopins, den Eltern von Frédéric. Das ist polnische Volkskunst. Diese Volkskunst ist hauptsächlich für religiöse Zwecke, für den Altar in der Kirche. Doch die Eltern von Frédéric waren nicht religiös, das da war also Schmuck fürs Haus, zusammen mit anderen Blumen. Zu ihrer Zeit war sie bemalt, aber die Farbe ist fort, sie ist zweihundert Jahre alt, und für mich ist sie nur mit dem Holz schöner. Ich weiß nicht, wie man das Holz auf Englisch nennt. Auf Polnisch ist es *świerk*.«

Sie soll also zur Hüterin einer Reliquie des geheiligten Chopin werden. Ist sie die richtige Person für diese Aufgabe, sie, die nicht an Gott und noch weniger an Chopin glaubt? »Vielen Dank, Witold«, sagt sie. »Sie ist schön. Ich werde sie in Ehren halten. Aber ich sage jetzt gute Nacht. Ich gehe zeitig zu Bett. Das ist keine typisch spanische Angewohnheit, aber für mich ist das so. Du wirst dich auch zurückziehen müssen, fürchte ich. Ich muss das Haus abschließen, ich kann nicht ruhig schlafen, wenn das Haus nicht abgeschlossen ist. Ich werde draußen ein Licht brennen lassen. Gute Nacht.« Sie hält ihm die Wange zum Kuss hin. »Schlaf gut.«

22.

Gewöhnlich schläft sie sofort ein. Heute jedoch nicht. Hat sie einen Fehler damit gemacht, den Polen nach Sóller einzuladen? *Ich möchte Seite an Seite mit dir leben wie zwei verschränkte Hände. Auch im nächsten Leben.* Was für ein sentimentaler Blödsinn! *Du schenkst mir Frieden.* Und eine Rose aus dem Elternhaus seines Helden. *Für dich!* Wie lächerlich!

Die restliche Woche dehnt sich endlos vor ihr. Womit werden sie die Zeit verbringen? Mit Spaziergängen? Mit idiotischen Gesprächen? Mit Strandbesuchen, Restaurantbesuchen? Wie viel von einem solchen Programm können sie ertragen – zwei höfliche, zivilisierte, normale Personen –, ehe einer von ihnen ausrastet? Und das sollte Urlaub sein!

Was will der Mann? Was will *sie*?

23.

Es ist Tag. Sie haben gefrühstückt.

»Ich möchte dir etwas zeigen«, sagt sie. Sie führt ihn zu einem der hinteren Zimmer, wo, solange sie sich erinnern kann, ein Klavier gestanden hat, mit einem Tuch als Staubschutz abgedeckt.

Sie entfernt den Staubschutz. »Schau es dir an«, sagt sie. »Taugt es etwas?«

Er zuckt mit den Schultern. »Es ist alt«, sagt er. »Spanisches Fabrikat. Spanien ist nicht berühmt für Klaviere.« Er spielt eine Tonleiter. Die Tasten sind langsam und hängen, ein Hammer fehlt, die Saiten sind arg verstimmt. »Hast du Werkzeug?«

»Werkzeug für Klaviere? Nein.«

»Kein Werkzeug für Klaviere, einfach Werkzeug, wie man es für eine Maschine benutzt.«

Sie zeigt ihm die Werkzeugkiste in der Garage. Er wählt einen Schraubenschlüssel und eine Zange und arbeitet eine Stunde am Klavier. Dann setzt er sich hin und spielt ein einfaches Stück, das durch das Klicken des fehlenden Hammers seltsam klingt.

»Tut mir leid, dass wir dir nichts Besseres zu bieten haben«, sagt sie.

»Erinnerst du dich an Orpheus? Orpheus hatte kein Klavier, nur eine Harfe, sehr primitiv, doch die Tiere kamen und hörten ihm zu, der Löwe, der Tiger, das Pferd, die Kuh, sie alle. Eine friedliche Versammlung.«

Orpheus. Jetzt ist er also Orpheus.

24.

Sie fahren hinunter zum Hafen und trinken Kaffee auf einer Terrasse über dem Hafen. Sie erkundigt sich nach seiner Zeit in Valldemossa. »Hattest du den Eindruck, dass das Publikum dort aufgeschlossen war? Ich meine, haben sie dein Spiel geschätzt?«

»Ich habe im alten Kloster gespielt. Die Akustik ist nicht gut. Aber das Publikum – ja, im Publikum waren ernsthafte Menschen, einige von ihnen.«

»Schätzt du das – ernsthafte Menschen? Zähle ich zu den ernsthaften Menschen?«

Er mustert sie von oben bis unten. »Auf Polnisch sprechen wir von einer Person, die schwer ist, eine Person, die nicht aus Luft gemacht ist. Du bist eine schwere Person.«

Sie lacht. »Auf Englisch sagt man *solid – a solid person* oder *a person of substance. Heavy* ist für dicke Menschen reserviert. Es freut mich zu hören, dass du denkst, ich sei nicht aus Luft gemacht, doch du irrst dich. Ich bin nicht solide, bin keine gediegene Person.«

Sie denkt: *Wenn du jetzt sagst, dass ich* liquid *bin, dann fange ich an, an dich zu glauben.* Das tut er aber nicht.

Ich bin fließend. Wenn du mich festzuhalten versuchen würdest, flösse ich wie Wasser aus deinen Händen.

»Du andererseits bist solide«, sagt sie. »Vielleicht zu solide für Chopin. Hat dir das jemand schon einmal gesagt?«

»Viele denken, Chopin sei aus Luft gemacht«, antwortet er. »Ich versuche, sie zu korrigieren.«

»In Chopin ist viel Luft. Und noch mehr Wasser. Fließendes Wasser. Fließende Musik. Auch in Debussy.«

Er neigt den Kopf. Ja? Nein? Sie weiß seine Gesten nicht zu deuten. Vielleicht wird es ihr nie gelingen. Ein Fremder.

»So sehe ich das«, sagt sie. »Doch was weiß ich schon? Auf dem Gebiet der Musik bin ich nur eine Laiin.«

25.

Den Nachmittag verbringt er im Hinterzimmer damit, auf dem Klavier zu improvisieren. Da sie keine Klickgeräusche hört, nimmt sie an, dass es ihm gelingt, die tote Taste zu vermeiden. Ziemlich genial.

Während er spielt, wagt sie sich in das Cottage, das jetzt sein Territorium ist. Im Bad hängt ein schwacher Geruch von Eau de Cologne. Geistesabwesend untersucht sie sein Reise-Necessaire, das ordentlich auf dem Bord unter dem Spiegel ausgebreitet ist. Ein Rasierer. Eine Haarbürste mit Ebenholzgriff. Pomade. Shampoo. Eine Reihe Pillenschachteln, jede mit einem polnischen Etikett. Ein Mann aus einer anderen Ära. Oder vielleicht ist ganz Polen so: feststeckend in der Vergangenheit. Warum ist sie so desinteressiert an Polen?

26.

Sie bittet ihn, für sie zu spielen. »Spiel die kleinen Stücke von Lutosławski, die du in Barcelona gespielt hast.«

Er spielt die ersten drei, mit einem Klicken für das fehlende F.

»Reicht das?«

»Ja, das reicht. Ich wollte nur eine Abwechslung von Chopin.«

27.

»Nach Mallorca, wohin gehst du da?«, fragt sie ihn.

»Ich habe Auftritte in Russland. Einen in Sankt Petersburg, einen in Moskau.«

»Bist du berühmt in Russland? Entschuldige meine Unwissenheit. Ich meine, schätzen dich die Russen sehr?«

»Niemand schätzt mich sehr, nirgendwo auf der Welt. Das ist okay. Ich gehöre zur alten Generation. Ich bin Geschichte. Ich sollte in einem Museum sein, in einer Glasvitrine. Doch hier bin ich. Ich bin noch am Leben. *Es ist ein Wunder*, sage ich zu ihnen. *Wenn ihr es nicht glaubt, könnt ihr mich anfassen.*«

Sie ist verwirrt. Wer glaubt es nicht? Wer ist eingeladen, ihn anzufassen? Die Russen?

»Du solltest stolz auf dich sein«, sagt sie. »Es geht auch nicht jeder in die Geschichte ein. Es gibt Menschen, die ihr ganzes Leben lang versuchen, Teil der Geschichte zu sein, und es nicht schaffen. Ich werde beispielsweise nie Teil der Geschichte sein.«

»Aber du versuchst es nicht«, sagt er.

»Nein, ich versuche es nicht. Ich bin zufrieden damit, die zu sein, die ich bin.«

Was sie nicht sagt, ist: *Warum sollte ich in der Geschichte landen wollen? Was bedeutet mir Geschichte?*

28.

»Gibt es einen Friseur in dieser Stadt?«, fragt er.

»Mehrere. Was soll gemacht werden? Wenn es nur ein Haarschnitt ist, kann ich es für dich machen. Ich schneide seit Jahren meinen Söhnen die Haare. Ich beherrsche es.«

Bis zu einem gewissen Grad ist es ein Test. Wie eitel ist er, was diese Löwenmähne angeht?

Überhaupt nicht eitel, wie sich herausstellt. »Wenn du meine Haare schneiden willst – das wäre das größte Geschenk«, sagt er.

Sie platziert ihn auf der Veranda mit einem Laken um den Hals. Er lehnt einen Spiegel ab – sein Vertrauen zu ihr scheint grenzenlos. Während der ganzen Prozedur sitzt er, ohne die Augen zu öffnen, ein träumerisches Lächeln auf den Lippen. Braucht es nur die Berührung ihrer Finger auf seiner Kopfhaut, um ihn zu befriedigen? Den Kopf eines Menschen zärtlich zu berühren – ein unerwartet intimer Akt.

»Deine Haare sind sehr fein«, sagt sie. »Mehr die einer Frau als die eines Mannes.« Was sie nicht sagt, ist, dass er auf dem Scheitel langsam kahl wird. Aber vielleicht weiß er das ja.

Ihr Vater hatte eine Krankenschwester, die ihn in seinen letzten Wochen und Monaten betreute. Doch oft wurde sie, Beatriz, zur Hilfe herbeigerufen. Das war keine Rolle, auf die sie vorbereitet worden war, doch sie führte sie recht gut aus, zu ihrer eigenen Überraschung. Wenn der Pole jetzt krank werden würde, würde sie sich um ihn kümmern. Das käme ihr ganz natürlich vor. Unnatürlich ist jedoch, dass er nicht als alter pflegebedürftiger Mann vor ihrer Tür steht, sondern als Möchtegernliebhaber.

29.

»Du hast mir nie etwas über deine Ehe erzählt«, sagt sie. »War es eine glückliche Ehe?«

»Meine Ehe liegt weit in der Vergangenheit. Und auch im kommunistischen Polen. Neunzehnhundertachtundsiebzig war sie vorbei. Neunzehnhundertachtundsiebzig ist fast Geschichte.«

»Nur weil deine Ehe Geschichte ist, heißt das nicht, dass sie nicht real war. Erinnerungen sind real. Das hast du selbst gesagt. Du musst Erinnerungen haben.«

Der Pole lässt eines seiner kleinen verinnerlichten Lächeln sehen. »Manche von uns haben gute Erinnerungen. Manche von uns haben schlechte Erinnerungen. Wir entscheiden uns, welche Erinnerungen wir haben. Einige Erinnerungen versenken wir in den Untergrund. Sagt man das so: der Untergrund?«

»Ja, so sagt man das. Der Untergrund. Der Friedhof der schlechten Erinnerungen. Erzähle mir einige deiner guten Erinnerungen. Wie war deine Frau? Wie hieß sie?«

»Sie hieß Małgorzata, aber alle nannten sie Gosia. Sie war Lehrerin. Sie hat Englisch und Deutsch unterrichtet. Sie hat für die Verbesserung meines Englisch gesorgt.«

»Hast du ein Foto von ihr?«

»Nein.«

Natürlich nicht. Warum sollte er?

Er fragt nicht nach ihrer Ehe und den damit verbundenen Erinnerungen, gute oder schlechte. Er fragt nicht, ob sie ein Foto ihres Mannes ständig bei sich hat. Er fragt nach überhaupt nichts. Echt desinteressiert.

30.

Das ist eins ihrer intimeren Gespräche. Im Übrigen schweigen sie, wenn sie zusammen sind. Normalerweise ist sie nicht schweigsam – mit Freunden kann sie ausgelassen, geschwätzig sein –, doch von dem Polen scheint etwas auszugehen, was jegliche Frivolität erfrieren lässt. Sie sagt sich, dass es eine Sache der Sprache ist – dass, wenn sie Polin oder er Spanier wäre, sie leichter miteinander reden könnten, wie jedes normale Paar. Doch wenn er Spanier wäre, würde er ein anderer Mann sein, und sie würde ebenfalls eine andere Frau sein, wäre sie Polin. Sie sind, was sie sind: erwachsene, zivilisierte Menschen.

31.

Sie führt ihn zum Essen nach Fornalutx aus – nicht in das intime kleine Restaurant, in das sie und ihr Mann gewöhnlich gehen, sondern in eins, das zu einem Hotel gehört, das vor einem Jahrhundert der Wohnsitz einer lokalen Berühmtheit war. In seinem Zentrum befindet sich ein nicht überdachter Hof – Vögel kommen herabgesegelt und stolzieren zwischen den Tischen umher oder tauchen in den Springbrunnen. Keiner interessiert sich für sie, zeigt irgendwelche Neugier. Sie sind freie Menschen, schulden niemandem Rechenschaft.

Sie geht auf die Damentoilette. Aus dem Dunkeln heraustretend, bleibt sie in der Tür stehen, wartet darauf, dass er sie erblickt, bahnt sich dann den Weg zwischen den Tischen hindurch zu ihm. Sein Blick hängt an ihr, wie auch die Blicke der beiden Kellner.

Sie ist sich der Wirkung bewusst, die sie auf Männer haben kann. Anmut – schließlich kein allzu altertümliches Ideal. In Polen oder Russland wird er diesen Moment nochmals durchleben, denkt sie, den Moment, als sie auf ihn zukam und er eine Vision von verkörperter Anmut hatte. *Womit haben wir das verdient*, wird er denken, *Gäste, Köche, Kellner, wir alle? Anmut, die aus dem Himmel herabkommt und uns durch ihr Strahlen erfreut.*

32.

Es ist ihr dritter gemeinsamer Tag im Haus. Loreto hat ihre Aufgaben erledigt und ist nach Hause gegangen. Sie, Beatriz, versucht zu lesen, ist aber zu abgelenkt. Die Zeit schleicht dahin. Sie wünscht sich sehr, dass sie schneller läuft.

Die Dämmerung setzt ein. Sie klopft an der Cottagetür. »Witold? Ich habe uns etwas zu essen gemacht.«

Sie essen schweigend. Danach sagt sie: »Ich räume jetzt auf, dann ziehe ich mich zurück. Ich werde die Hintertür nicht abschließen. Wenn du dich einsam fühlst in der Nacht und einen Besuch machen willst, bitte.«

Mehr sagt sie nicht. Sie möchte keine Diskussion.

Sie putzt sich die Zähne, wäscht sich das Gesicht, kämmt sich das Haar, betrachtet sich im Badezimmerspiegel. Sich im Spiegel betrachten, das tun Frauen in Büchern und Filmen, doch sie ist in keinem Buch oder Film, und sie schaut sich nicht an. Nein, es ist das Wesen auf der anderen Seite des Spiegels, das sie anschaut, dessen Betrachtung sie sich aussetzt. Was sieht dieses andere Wesen?

Mit beträchtlichem Aufwand versucht sie, sich durch den Spiegel zu schicken, in dieses fremde Selbst, diesen fremden Blick einzudringen. Es hat keinen Zweck.

Sie zieht ihr schwarzes Nachthemd an, öffnet die Vorhänge, schaltet das Licht aus. Mondlicht kommt hereingeströmt. Sie ist immer noch eine gut aussehende Frau – daran kann sie sich halten. *Erstaunlich, wie du dich gehalten hast!*, sagt Margarita. *Zwei Kinder, und du hast noch immer die Figur einer Achtzehnjährigen!* Nun, soll er über sein Glück staunen. Doch was würden die beiden betreffenden Kinder sagen, wenn sie sie jetzt sehen könnten? *Mama, wie kannst du nur!*

Sie hört, wie sich die Hintertür öffnet, hört seine Tritte, hört ihn ins Schlafzimmer hereinkommen. Wortlos entkleidet er sich; sie wendet die Augen ab. Sie spürt, wie sich sein Körper neben dem ihren ausstreckt, fühlt den breiten Brustkorb an ihrem und das Haar, das ihn als dicke Matte überzieht. *Wie ein Bär!*, denkt sie. *Worauf lasse ich mich ein? Zu spät – es gibt jetzt kein Zurück.*

Sie hilft ihm, so gut sie kann, beim Liebesakt. Obwohl sie keine Erfahrung mit alten Männern hat, kann sie sich vorstellen, welche Probleme sie im Bett haben, welche Schwierigkeiten. Es ist eine seltsame Erfahrung und nicht wenig beängstigend, das gewaltige Gewicht zu spüren, das sie niederdrückt, aber es dauert nicht lang, da ist es vorbei.

»Jetzt hast du mich also besessen«, sagt sie. »Du hast deine gnädige Dame gehabt. Bist du endlich zufrieden?«

»Mein Herz ist voll«, sagt er. Er drückt ihre Hand auf seinen Brustkorb. Schwach spürt sie das Schlagen eines Herzens, *poch-poch-poch*, schneller als ihr eigenes ruhiges Herz – wirklich beängstigend schnell. Das Letzte, was sie sich wünscht, ist ein Leichnam in ihrem Bett.

»Ich weiß nicht, wie sich ein volles Herz anfühlt«, sagt sie, »im Gegensatz zu einem leeren Herzen. Aber du musst vorsichtig sein. Hörst du mich? Verstehst du?«

»Ich höre dich, *cariño*.«

Cariño. Wo in aller Welt hat er das aufgelesen?

33.

Sie wird die Nacht nicht mit diesem Koloss von Mann in ihrem Bett verbringen. »Ich muss jetzt schlafen«, sagt sie, »und du musst gehen. Wir sehen uns morgen früh. Gute Nacht, Witold. Schlaf gut.«

Sie beobachtet seinen Schattenumriss, als er sich anzieht. Ein Lichtschimmer, als er die Tür öffnet, dann ist er fort.

Noch drei Nächte in Sóller. Wird er erwarten, dass sie ihn in jeder davon empfängt? Eine Welle der Müdigkeit schwappt über sie. Sie wünscht sich zurück nach Barcelona, in ihr eigenes Bett, in ihr eigenes Leben, ohne diese Komplikationen. Vor allem wünscht sie sich zu schlafen.

34.

Am Morgen kleidet und schminkt sie sich besonders sorgfältig. Als sie in der Küche auftaucht, hat der Pole schon fertig gefrühstückt. Sie bietet ihm die Wange zum Kuss.

»Hast du gut geschlafen?«, fragt sie. Er nickt.

Über ihrer Schüssel mit Obst mustert sie ihn. Wie wirkt er? Hauptsächlich verwirrt. Vielleicht auch schlaflos.

Das hast du nur dir zuzuschreiben, schilt sie sich. Zwei Fremde im Dunkeln zusammengeführt, einen Akt vollziehend, für den keiner von beiden bereit war. Schauspieler. Darsteller. *Du hast geglaubt, du würdest ungeschoren davonkommen, du hast geglaubt, es gäbe keine Konsequenzen, aber du hast dich geirrt, geirrt.*

»Wie wär's, wenn wir schwimmen gingen?«, bietet sie an. »Hast du eine Badehose mitgebracht? Nein? Wir können eine in Sóller kaufen, wenn du möchtest.«

Sie suchen ein Textilgeschäft auf. Gelb ist die einzige Farbe, die sie in der Größe des Polen haben.

Es ist noch früh am Tag. An ihrem Lieblingsstrand sind die Familiengruppen noch nicht da. Die einzigen Anwesenden sind die ernsthaften Schwimmer.

Für beide, die nur Stunden zuvor nackt zusammen im Bett waren, ist es eine seltsame Erfahrung, sich halbnackt im strahlenden Sonnenlicht zu betrachten. Was sieht sie? Wie dünn, sogar spindeldürr seine Beine sind. Sie hofft, dass er nicht das blaue Adernnetzwerk innen auf ihren Schenkeln bemerkt.

Du schenkst mir Frieden. Körper mit schwitzendem Körper ringend. Der Schock für den Mann und für die Frau gleich groß. Nach einem solchen Duell ist kein Raum mehr für Bewunderung, für Verehrung. Bewunderung verscheucht.

Im Wasser trennen sie sich. Er bleibt im Flachen, sie schwimmt geradewegs hinaus ins Tiefe.

Allein im Meer – eine tiefe Erleichterung. Sie könnte hinuntertauchen, sich in einen Delphin verwandeln, fühlen, wie das ganze Unerfreuliche, was sie verursacht hat, weggewaschen wird. Was für eine törichte Idee, einen fremden Mann in das Kindheitsheim ihres Mannes einzuladen!

35.

Sie sind zurück im Haus. »Ich möchte mit dir über Loreto sprechen«, sagt sie. »Loreto ist eine Frau, sie hat das Auge einer Frau. Es ist zwecklos, vor ihr verbergen zu wollen, was vor sich geht. Dennoch können wir uns nicht schamlos verhalten. Verstehst du, was ich sage? Wir können sie nicht beleidigen, indem wir direkt vor ihrer Nase weiter Ehebruch begehen – das ist es nämlich, so nennt man es. Sie hat ihren Stolz. Sie wird weggehen und nicht zurückkommen. Und ich bin gedemütigt.«

»Ich verstehe«, sagt der Pole. »Wir benehmen uns nicht wie ein Liebespaar.«

»Korrekt. Wir benehmen uns nicht wie ein Liebespaar.«

»Ich bin seit dem Tag unseres Zusammentreffens dein Liebhaber gewesen, und keiner weiß es. Niemand auf der Welt kann ein Geheimnis besser bewahren als ich.«

»Wenn du das wirklich glaubst, bist du töricht. Für mich bist du durchsichtig. Für jede Frau bist du durchsichtig.

Worum ich dich bitte, hat nichts mit dem Bewahren eines Geheimnisses zu tun. Ich bitte dich, eine Fiktion aufrechtzuerhalten. Schaffst du das, auf respektvolle Weise?«

Der Pole neigt den Kopf. »Der Poet Dante war der Liebhaber von Beatrice, und keiner wusste es.«

»Das ist Unfug. Beatrice wusste es. All ihre Freundinnen wussten es. Sie kicherten darüber, wie das alle Mädchen machen. Hältst du dich wirklich für Dante, Witold?«

»Nein, ich bin nicht Dante. Ich bin nicht genial. Und ich bin nicht wortgewandt.«

36.

Am Nachmittag machen sie einen Spaziergang wieder auf dem Weg hügelaufwärts.

»Erzähl mir mehr von deiner Tochter«, sagt sie. »Ist sie nach dir oder nach ihrer Mutter geraten?«

»Wenn sie aussehen würde wie ich, wäre das schrecklich. Nein, sie sieht aus wie ihre Mutter.«

»Und ihr Innenleben? Folgt sie mit ihren Leidenschaften ihrer Mutter, oder folgt sie dir?«

»Ja? Nein? Ich kann es nicht sagen. Eine Tochter zeigt ihrem Vater nicht ihre Leidenschaften.«

Sie lässt es durchgehen. *Leidenschaft:* Was, glaubt er, bedeutet dieses Wort? Nackte Körper in einer Sommernacht?

All ihre Gespräche scheinen so zu sein: im Dunkeln hin und her gereichte Münzen, ohne ihren Wert zu kennen.

Manchmal hat sie das Gefühl, dass er nicht darauf hört, was sie sagt, nur auf den Ton ihrer Stimme, als würde sie singen, statt zu sprechen. Sie mag ihre eigene Stimme nicht – zu tief, zu sanft –, doch er scheint sie aufzusaugen. Er sieht stets das Beste in ihr.

Es ist etwas Unnatürliches daran zu lieben, ohne dass man erwartet, wiedergeliebt zu werden.

Warum ist sie mit ihm zusammen? Warum hat sie ihn hierhergebracht? Was gefällt ihr an ihm, wenn überhaupt etwas? Darauf gibt es eine Antwort: dass sie ihm so offensichtlich gefällt. Wenn sie in den Raum kommt, hellt sich sein sonst so finsteres Gesicht auf. In dem Blick, der sie umfasst, ist ein Quantum männliches Begehren, doch letztendlich ist es ein Blick der Bewunderung, des Erstaunens, als könne er sein Glück kaum fassen. Es gefällt ihr, sich seinem Blick auszusetzen.

Sie mag jetzt auch seine Hände. Der Gedanke, dass er seinen Lebensunterhalt mit Handarbeit verdient, belustigt sie.

Es gibt jedoch andere Charakteristika, die sie irritieren: seine Steifheit, seine Distanziertheit von der Welt um ihn herum, vor allem seine geschraubte Art zu sprechen. Alles, was er sagt, alles, was er tut, hat etwas Förmliches. Nicht einmal in ihren Armen scheint er sich entspannen zu können. Ein komisches Schauspiel, sie beide, ihre Liebe auf Englisch ausdrückend, einer Sprache, deren erotische Bereiche ihnen verschlossen sind.

Beurteilt sie ihn zu hart? Fehlt es ihr an Zärtlichkeit? Wird jeder von uns mit einem bestimmten Quantum Zärtlichkeit geboren, und hat sie alle ihre Zärtlichkeit für ihren Mann und ihre Kinder aufgewandt, so dass nichts für diesen späten Liebhaber übrig geblieben ist?

Wenn sie ihn nicht liebt, welchen Namen hat dann das Gefühl, das sie für ihn hegt, das Gefühl, das sie auf diesen fragwürdigen Pfad geführt hat?

Wenn sie sich festlegen müsste, würde sie es Mitleid nennen. Er hat sich in sie verliebt, und sie hatte Mitleid mit ihm und gab ihm aus Mitleid, was er ersehnte. So war es geschehen; das war ihr Fehler.

37.

Ihr Mann ruft an. »Wie verstehst du dich mit deinem Musikerfreund?«, fragt er.

»Ganz gut. Er ist gestern mit dem Bus von Valldemossa gekommen. Er hat das Klavier im Hinterzimmer repariert, soweit es repariert werden kann, was nützlich für uns sein wird. Ich werde heute Nachmittag mit ihm eine Ausfahrt machen und ihm etwas von der Insel zeigen. Er reist morgen wieder ab.«

»Und auf persönlicher Ebene?«

»Auf persönlicher Ebene? Wir kommen sehr gut miteinander aus. Er ist ein bisschen *arisco*, ein bisschen mürrisch, aber das macht mir nichts aus.«

Das Lügen ist für sie ungewohnt, aber am Telefon ist es nicht so schwer. Und es sind keine großen Lügen. Am Ende zählen sie nichts. Was immer hier in Sóller geschehen ist, wird in der Vergangenheit verschwinden und vergessen sein.

38.

In jeder der drei ihnen verbliebenen Nächte besucht sie der Pole in ihrem Bett. Es erinnert sie an die Geschichte von dem griechischen Mädchen, das aus Angst, dass der dunkle Fremde in ihrem Bett sich als Monster herausstellen könnte, eine Lampe anzündet und entdeckt, dass er ein Gott ist. Nun, sie, Beatriz, braucht keine Lampe. Der Fremde in ihrem Bett ist vielleicht kein Monster, aber bestimmt kein Gott.

Warum musste das Mädchen ihren Besucher denn überhaupt sehen? War das Gewicht, der starke Druck eines fremden Männerkörpers nicht genug?

Der Schock des Neuen. Ein heller Schock, als würde man durch einen Stromschlag getötet, kein dunkler, als würde man von einer Schlammlawine mitgerissen und begraben.

In der zweiten Nacht gibt es einen Moment, als aus der Vergangenheit das köstliche Gefühl des Fallens zurückkommt. Sie hatte geglaubt, es wäre für immer verschwunden, es würde nur zur Jugend oder sogar zur Kindheit gehören: das Entsetzen und das Vergnügen, eine Wasserrutsche hinunterzurasen, wenn der Wille aussetzt und man, für kurze Zeit, reines Erleben ist.

Woran erinnert sie sich sonst noch? Auf ihrer Haut spielende Finger, die Musik aus ihr hervorholen. Die Berührung eines Musikers.

Manchmal, wenn er bei seinem erotischen Tun ist, wandern ihre Gedanken müßig zu den Einkäufen, mit denen sie Loreto beauftragen muss, zum verpassten Zahnarzttermin.

Als Liebhaber ist der Mann gut, doch nicht gut genug. Wie entschlossen der Geist auch sei, der Mann kann nicht verhindern, dass die Schwäche seiner Physis, seine mangelnde Lebenskraft den Liebesakt beeinträchtigt. Er überspielt es, so gut er kann, und dankt ihr jedes Mal, wenn er sich aus ihrem Bett verabschiedet: »Ich danke dir von Herzen.« Ihr eigenes Herz wendet sich ihm zu in diesen Augenblicken, in Mitleid, wenn nicht in Liebe. Es ist so schwer, ein Mann zu sein!

Sie bringt es nicht über sich, ihn zu streicheln. Er ist sich dieses Widerstrebens ihrerseits bewusst, dieses körperlichen Widerwillens. Das Wissen darum geht in seine rituellen Dankesworte ein. *Ich danke dir dafür, dass du dich so weit herablässt.*

Sie sollte sich schuldig fühlen. Man sollte nicht mit einem Mann, den man nicht begehrt, ins Bett gehen. Doch sie empfindet keine Schuld. *Ich gebe genug,* sagt sie sich. *Und es ist nicht für immer.*

39.

Be-a-triz, flüstert er ihr ins Ohr. *Ich werde mit deinem Namen auf den Lippen sterben.*

40.

Sie ist in seinen Armen. Es ist ihre letzte gemeinsame Nacht. Sie spricht. »Es ist nicht leicht, das zu sagen, Witold, aber heute Nacht bedeutet das Ende für uns. Wir werden uns nicht wiedersehen. Es macht das Leben für mich zu kompliziert. Ich muss das nicht erklären. Akzeptiere es einfach.«

Sie ist erleichtert darüber, dass sie im Dunkeln sind. Sie tut Menschen nicht gern weh; sie möchte keinen irgendwie gequälten Ausdruck auf seinem Gesicht sehen.

»Denke nicht schlecht von mir. Bitte. Um 8.15 fährt ein Bus nach Valldemossa. Ich fahre dich zum Busbahnhof.«

Sie hat ihre kleine Rede vorher geprobt, daher ist es verständlich, dass sich der Moment künstlich anfühlt, als stünde sie irgendwo draußen oder schwebte oben und vernähme die Stimme der Frau und wartete auf die Reaktion des Mannes.

Der Mann reagiert damit, dass seine Umarmung erschlafft, die kurz zuvor warm war, nun aber erkaltet ist; er reagiert damit, dass er sich von ihr abwendet, aufsteht, nach seinen Sachen greift. Er reagiert damit, dass er den Weg zur Tür findet (mit einem leichten Stolpern im Dunkeln) und hinausgeht; wenn sie sich anstrengt, kann sie das Klicken der Küchentür hören, als sie sich hinter ihm schließt.

Sie gestattet sich auszuatmen. Sie ist froh, unaussprechlich froh, dass er nicht mit Zorn, mit verletztem Stolz reagiert hat, dass er sich nicht mit Flehen erniedrigt hat. Wenn er sie angefleht hätte, hätte sie sich für immer gegen ihn gewandt.

41.

Er äußert schließlich unterwegs zum Bus am nächsten Morgen doch eine Bitte, eine letzte Bitte. »Wenn Russland vorbei ist, können wir nach Brasilien fliegen«, sagt er. »Du kannst in Brasilien im Meer schwimmen.«

»Nein«, sagt sie. »Ich werde dir nicht um die Welt folgen – nicht dir oder einem anderen Mann. Nein.«

Sie kommen an der Bushaltestelle an. »Ich werde nicht warten«, sagt sie. »Adieu.« Sie küsst ihn auf die Lippen. Dann ist sie fort.

42.

Daheim untersucht sie das Cottage. Er hat keine Spur hinterlassen, keine physische Spur. Ein guter Gast.

43.

»El señor vuelve?«, fragt Loreto.

»No, el señor ha sido llamado de vuelta a su tierra natal. A Polonia. No volverá.« Der Herr wird nicht zurückkommen.

44.

Für den Rest des Tages widmet sie sich langsam, ruhig, ganz bewusst ihren täglichen Verrichtungen. Sie ist immer noch im Zustand des Schocks, stellt sie fest, und ist es gewesen, seit der Pole in ihrem Schlafzimmer in Erscheinung trat. Wenn sie ruhig bleiben kann und die Zeit ihr Werk tun lässt, wird der Schockzustand – den sie sich als ein Tuch vorstellt, das so eng um sie gewickelt ist, dass sie kaum atmen kann – nachlassen und das Leben wieder seine gewohnte Ordnung annehmen.

Ein Tuch oder auch ein Rahmen wie der in der griechischen Geschichte, ein Bett, in dem die Gliedmaßen zertrümmert werden, bis man der Vorstellung eines anderen, wie man sein sollte, entspricht.

Der Pole ebenfalls, könnte sie sich denken. Der Pole, mit seinen ungünstig langen Beinen und großen Händen, könnte in einem eigenen Rahmen zertrümmert und verdreht worden sein.

45.

In den Tagen bevor sie nach Barcelona zurückfliegt, hat sie Zeit, ihre Erinnerungen neu zu ordnen und sich auf eine Geschichte festzulegen, die sie sich selbst erzählen wird, die Geschichte, die ihre Geschichte werden wird. Sie *had a fling*, entscheidet sie (sie benutzt den englischen Ausdruck). Sie hatte eine kurze Affäre mit einem Musiker auf Besuch, die ganz nett war, aber jetzt vorbei ist. Wenn Margarita, die intuitiv ist, sie damit konfrontiert *(Du bist mit jemandem zusammen gewesen! Ich sehe es!)*, wird sie sich nicht verstellen. *Es war dieser polnische Pianist, den du nach Barcelona gebracht hast – du erinnerst dich an ihn? Er hat auf dem Chopin-Festi-*

val gespielt. Er war frei, ich war frei, wir haben ein paar Tage zusammen verbracht. Nichts Ernstes. Ich bin mir sicher, dass er viele Affären hat.

Sie ist bereit, die Möglichkeit in Erwägung zu ziehen, dass ihre Geschichte unvollständig und sogar in gewisser Hinsicht unwahr sein könnte. Aber wenn sie in ihr Herz schaut, findet sie dort keinen dunklen Rest: kein Bedauern, keine Sorge, kein Sehnen – nichts, was die Zukunft belasten kann.

Nichts Ernstes. Ist Liebe ein Gemütszustand, ein Seinszustand, ein Phänomen, eine Mode, die, noch während wir zuschauen, in die Vergangenheit verschwindet, in die rückwärtigen Bereiche der Geschichte? Der Pole hat sie geliebt, *ernsthaft* geliebt – und liebt sie wahrscheinlich noch –, doch der Pole selbst ist ein Relikt der Geschichte, aus einem Zeitalter, als Verlangen mit einem Anflug des Unerreichbaren versehen sein musste, bevor es als das Wahre durchgehen konnte. Wie steht es um sie, Beatriz, seine Geliebte? Nun, sie war gewiss nicht unerreichbar. Im Gegenteil, sie war allzu erreichbar. *Komm und besuche mich in meinem Haus. Komm und besuche mich in meinem Bett.* Wenn sie sich am Ende vor dem Stigma gerettet hat, allzu leicht erreichbar gewesen zu sein, dann nur damit, dass sie den Polen fortgeschickt hat – den Polen, der zweifellos in ebendiesem Moment eine eigene Geschichte erarbeitet, die von einer grausamen spanischen Geliebten handelt, die eine Narbe auf seinem Herzen hinterlassen hat, deren Heilung eine lange Zeit brauchen wird.

Vier

1.

Nach Barcelona zurückgekehrt, verbleibt sie eine Weile in einem leichten Schockzustand. Es überrascht sie, dass das in Mallorca Geschehene eine so lang anhaltende Wirkung haben kann wie eine Bombe, die, ohne Schaden anzurichten, explodiert, einen jedoch taub zurücklässt.

Dass sie in einem Schockzustand ist, hält sie nicht davon ab, sich wieder in Arbeit zu stürzen. Sie ist in ein Komitee berufen worden, das Aufenthalte für aufstrebende junge Musiker finanziert – sie verbringt jeden Tag Stunden am Telefon. Und dann ist da noch der Konzertkreis, dessen Publikum schwindet, da Stammbesucher alt oder krank werden. Tomás Lesinski ist gestorben; seine Frau Ester ist dabei, nach Frankreich zu ihrer Tochter zu ziehen. Die Zuwendung, die der Kreis von der Stadt erhält, soll um die Hälfte gekürzt werden (»finanzielle Engpässe«) – sie werden ihr Programm von zehn Konzerten pro Jahr auf sechs kürzen müssen.

Sie vermisst den Polen nicht, überhaupt nicht. Er schreibt ihr. Sie löscht seine E-Mails, ohne sie zu lesen.

2.

Als sie im Oktober 2019 den Sala Mompou besucht, erfährt sie von einer Sekretärin, dass jemand aus Deutschland sie zu erreichen versucht. »Es geht um einen Musiker, der einmal hier gespielt hat, ich habe den Namen nicht verstanden, er klang russisch. Sie hat ihre Nummer hinterlassen.«

Sie ruft unter der Nummer an und hört eine Ansage auf Deutsch. Englisch sprechend hinterlässt sie ihren Namen.

Auf ihren Anruf erfolgt ein Rückruf. »Ewa Reichert am Apparat, mein Vater ist Witold Walczykiewicz, er ist verstorben, vielleicht wissen Sie das?«

»Nein, das wusste ich nicht. Es tut mir leid. Herzliches Beileid.«

»Er war lange Zeit krank.«

»Davon habe ich nichts gewusst. Leider habe ich die Verbindung zu Ihrem Vater vor einiger Zeit verloren. Er wird in Erinnerung bleiben. Er war ein großer Pianist.«

»Ja. Es gibt einige Sachen, die er für Sie hinterlassen hat.«

»Oh? Was für Sachen?«

»Ich hab sie nicht gesehen. Sie sind noch in Warschau, in der Wohnung. Sie waren dort?«

»Ich war nie in Warschau, Mrs. Reichert, Ewa. Ich war nie in Polen. Sind Sie sicher, dass Sie mit der richtigen Person sprechen?«

»Das ist die Nummer, die ich angerufen habe, und jetzt rufen Sie mich an, also sind Sie es – oder?«

»Ich verstehe. Können Sie mir diese Dinge schicken?«

»Ich bin in Berlin, ich kann nichts schicken. Ich gebe Ihnen den Namen der Nachbarin in Warschau, dann können Sie Vereinbarungen treffen. Sie heißt Pani Jablonska und ist eine langjährige Freundin meines Vaters. Alle Dinge für Sie hat sie in einen Karton mit Ihrem Namen darauf gepackt. Sie müssen nur schnell handeln. Ich warte nur auf die Dokumente vom Rechtsanwalt, dann verkaufe ich die

Wohnung. Oder vielleicht ist es ja nicht wichtig für Sie, keine Ahnung, es ist Ihre Entscheidung. Doch ich wiederhole, Sie müssen bitte schnell handeln. Es gibt eine *wohltätige Organisation* in Warschau, ich weiß nicht, wie man das auf Englisch ausdrückt – ich veranlasse, dass sie kommen und alles in der Wohnung mitnehmen, sie sauber machen, so arbeiten sie. Wenn Sie also diese Sachen wollen, rufen Sie Pani Jablonska an.«

Sie diktiert eine Adresse und Telefonnummer in Warschau.

»Vielen Dank. Ich werde mit Pani Jablonska sprechen und sehen, was getan werden kann. Sie haben keine Ahnung, worum es sich bei diesen Sachen handelt, die Ihr Vater mir zukommen lassen wollte?«

»Nein. Mein Vater hat mir nie seine Geheimnisse verraten. Noch etwas, Pani Jablonska spricht nicht Englisch, Sie müssen also für Übersetzung sorgen, wenn Sie mit ihr telefonieren.«

»Vielen Dank. Danke, dass Sie mich informiert haben. Auf Wiedersehen.«

Geheimnisse. Sie ist also eins der Geheimnisse des Polen: das Barcelona-Geheimnis. Was für Geheimnisse hat er noch in den Städten rund um die Welt zurückgelassen?

3.

Sie ruft eine Kuriergesellschaft an. Ja, sie arbeiten in Polen, sie arbeiten überall in Europa. Ja, sie können eine Sendung bei einer Adresse in Warschau abholen. Woraus besteht die Sendung? Eine Kiste? Eine große Kiste? Eine kleine Kiste? Für einen Gegenstand unter fünf Kilogramm ist die Gebühr für Tür-zu-Tür Abholung und Auslieferung einhundertundachtzig Euro plus Zollgebühren, wenn Zollgebühren fällig werden, je nachdem, was sich in der Kiste befindet. Was ist in der Kiste?

Fotos? CDs? Gebrauchte CDs? Normalerweise sind innerhalb der EU keine Zollgebühren auf solche Gegenstände fällig. Sollen sie das übernehmen?

Lassen Sie mich erst Vereinbarungen bezüglich der Übergabe treffen, sagt sie. Ich rufe zurück.

4.

Einer der Violinisten des Kammerorchesters, das im Sala Mompou spielt, ist Russe. Sie passt ihn nach einer Probe ab. »Haben Sie eine Minute Zeit? Ich muss einer Dame in Polen eine Nachricht senden. Ich habe hier ihre Nummer. Wenn ich sie anrufe, können Sie dann mit ihr sprechen und eine Nachricht übermitteln – dass am Freitag ein Kurier kommen und die Kiste abholen wird? Können Sie das für mich tun?«

»Ich spreche kein Polnisch«, sagt der Violinist. »Polnisch ist nicht Russisch, ist eine andere Sprache.«

»Ja, ich weiß, aber das ist eine ältere Dame, sie hat eine Menge Geschichte durchlebt, sie muss etwas Russisch können, und es ist eine sehr einfache Nachricht.«

»Mit Polen Russisch zu sprechen ist wie Beleidigung, aber ich versuche es für Sie. Kurier kommt Freitag?«

»Kurier kommt Freitag, sie muss ihm die Kiste geben.« Sie tippt Pani Jablonskas Nummer ein und reicht ihm das Handy.

Niemand meldet sich.

»Schreiben Sie den Text auf Russisch, und ich schicke ihn. Der Text ist: *Guten Tag, Pani Jablonska. Ich heiße Bea-*

triz, ich bin die Freundin von Pan Witold. Ein Kurier wird am Freitag kommen. Bitte geben Sie dem Kurier die Kiste.«

»Ich schreibe in lateinischem Alphabet«, sagt der Violinist. Er schreibt: *Dobri den, Pani Jablonska. Menja sowut Beatriz, ja drug* … Schreiben Sie seinen Namen. *Kurjer prijedjet w pjatnizu. Poschaluista, otdatje korobku kurjeru.* »Ist kein gutes Russisch, aber vielleicht versteht polnische Dame. Ich gehe jetzt. Sie sagen mir, wenn Sie Erfolg haben, ja?« Und er geht eilig davon.

Es gibt keine Antwort auf die Textnachricht des Russen. Zeitig am nächsten Morgen ruft sie Pani Jablonska an, mit dem russischen Text zum Wiederholen vor sich. Wieder keine Antwort. Sie ruft zu allen Stunden an, Tag und Nacht, ohne Ergebnis.

5.

Was kann der Pole ihr hinterlassen haben? Was auch immer es ist, kann es den ganzen Aufwand wert sein? Möchte sie noch mehr seiner Chopin-Aufnahmen hören?

Die Zukunft liegt offen vor ihr, und der Pole versucht, sie zurückzuziehen. Aus dem Grab streckt er eine große Klaue aus, um sie in die Vergangenheit zu zerren. Nun, sie muss sich nicht fügen. Sie kann die Klaue abschütteln. Zum Kurierboten kann sie sagen: *Streichen Sie meinen Auftrag*. Zur Tochter kann sie sagen: *Es macht zu viel Umstände, gestammeltes Russisch mit Pani Jablonska zu sprechen, die sowieso nicht verstehen wird. Legen Sie also los, räumen Sie die Wohnung Ihres Vaters, verkaufen Sie alles, schaffen Sie es sich vom Hals.* Zum Mann im Grab kann sie sagen: *Du hast keine Macht über mich. Du bist tot. Tot zu sein mag ja eine neue Erfahrung für dich sein, aber du wirst dich daran gewöhnen. Tot und vergessen zu sein ist kein ungewöhnliches Schicksal.*

6.

Sie ruft die Tochter, Ewa, wieder an. »Ich habe mich an eine Kuriergesellschaft gewandt. Sie sagen, dass sie die Kiste abholen können, kein Problem. Das Problem ist Pani Jablonska. Ich kann sie per Telefon nicht erreichen. Vielleicht ist ihr etwas zugestoßen – keine Ahnung. Gibt es eine andere Person, die dem Kurier die Kiste geben kann?«

»Es gibt die *Agentur*, sie verkaufen die Wohnung, sie haben Schlüssel. Sie können die *Agentur* anrufen und es erklären, ja?«

»Was erklären, Ewa?« Es gelingt ihr nicht, eine gewisse Schärfe im Ton zu vermeiden.

Im Hintergrund sind Geräusche zu hören. *»Ich komme!«*, schreit Ewa. »Ich muss jetzt gehen. Ich schicke Ihnen die Nummer der *Agentur*, dann können Sie es erklären. Auf Wiedersehen.«

Was erklären?

7.

Die Wohnung entspricht überhaupt nicht ihren Erwartungen. Zunächst einmal befindet sie sich nicht in Warschau direkt, sondern in einem der Vororte weiter draußen. Von der Straße, wo sie das Taxi absetzt, muss sie über einen Parkplatz und einen Spielplatz gehen, wo drei Jungen auf ihren Fahrrädern herumrasen und ein kleiner weißer Hund kläffend hinter ihnen herläuft und in ihre Reifen zu beißen versucht. Und der Wohnblock selbst hat keinerlei Charakter, im selben tristen Stil errichtet wie die Häuserblöcke in den Arbeitervierteln von Barcelona. Warum nur wollte er ausgerechnet hier wohnen?

Da sie zu früh zur Verabredung gekommen ist, macht sie eine Runde um den Häuserblock. Von einem oberen Balkon aus wird sie misstrauisch von einer schwarz gekleideten alten Frau beäugt. Es ist Oktober; die Bäume – Ahorn? – verlieren ihre Blätter.

Im Eingang trifft sie den Makler, einen großen jungen Mann in einem schlecht sitzenden Anzug. Er gibt ihr die Hand; sein Englisch ist, wie sich herausstellt, dürftig.

»Vielen Dank, dass Sie gekommen sind«, sagt sie. »Verstehen Sie, ich möchte die Wohnung nicht kaufen, ich will nur etwas abholen. Ich nehme nur eine Minute Ihrer Zeit in Anspruch.«

Er rührt sich nicht. Hat er verstanden?

»Sie öffnen die Tür für mich.« Sie macht eine Drehbewegung – ein Schlüssel, der sich im Schloss dreht. »Ich nehme die Kiste. Dann gehen wir. Sie sind frei. Das ist alles. Okay?«

»Okay«, sagt er.

Es gibt ein Problem mit der Tür. Der Schlüssel an seinem Schlüsselring, der mit einem Schild 2–30 – er zeigt ihr das Schild, die Nummer der Wohnung –, passt nicht ins Schlüsselloch. Er zuckt hilflos mit den Schultern. *Was kann ich machen?*, soll das heißen.

Sie nimmt ihm den Schlüsselring aus der Hand, probiert es mit einem anderen Schlüssel. Die Tür geht auf. »Sehen Sie?«, sagt sie.

Sie tritt ein, der Makler folgt ihr.

Sie war auf Mahagonimöbel gefasst gewesen, Düsternis, Staub, knarrende Bücherregale, Spinnen in den Ecken.

Tatsächlich ist das vordere Zimmer aber leer, abgesehen von aufgetürmten Kartons in einer Ecke und vier ineinandergestapelten Plastikstühlen, und – weil die Gardinen abgenommen wurden – von Sonnenlicht durchflutet.

Sie schaut in eine winzige Küche, in ein Bad mit einem Plastikduschvorhang, braun vor Alter.

»Sind Sie sicher, dass das die richtige Wohnung ist?«, fragt sie.

Der Makler zeigt ihr wieder den Schlüssel, 2–30, den Schlüssel, der nicht passte.

Ihr kommt der Gedanke, dass das Ganze ein Streich sein könnte, ein bösartiger Streich: nicht nur nicht die richtige Wohnung, sondern auch nicht der richtige Häuserblock, nicht das richtige Viertel, vielleicht nicht einmal der richtige Immobilienmakler. Ein Streich, für den nur eine Person verantwortlich sein kann – die Tochter in Berlin, Ewa. Ewa hat sie, aus Böswilligkeit, völlig umsonst losgeschickt. *Wer ist die denn, diese Beatriz? Bloß wieder eine von den vielen Freundinnen meines Vaters.*

Doch sie täuscht sich. Kein Streich. Im zweiten Zimmer herrscht großes Durcheinander. Darin stehen ein Bett (Einzelbett), zwei Kommoden, ein Kleiderständer mit Männersachen, ein Bügeltisch mit einer Plastiksonnenblume in einer Vase, ein Spiegel mit einem vergoldeten Zierrahmen, ein massives Rollpult mit einer kolossalen Schreibmaschine.

Davon abgehend gibt es ein drittes Zimmer, mit noch einer Küche und noch einem Bad. Dieses Zimmer ist leer, abgesehen von einem Klavier. An einer Wand hängt ein gerahmtes Plakat für ein Konzert in der Londoner Wigmore Hall, datiert 1991, mit einem Bild des Polen als jüngerer

Mann, der geistesabwesend in die Ferne starrt. Auf dem Klavierdeckel stehen: ein Schwarz-Weiß-Foto des jungen Witold, ernst blickend, der eine Art Auszeichnung von einem Mann im Frack überreicht bekommt; eine Gipsbüste von Johann Sebastian Bach; ein neueres Foto von Witold, mit verschränkten Händen, mitten in einer Reihe von Frauen in glänzender Abendrobe, unter denen sie zu ihrem Erstaunen sich selbst erkennt. Die Schwesternschaft des Konzertkreises, wie er 2015 war, ohne Margarita! Das Foto hat sie noch nie gesehen. Wie ist er dazu gekommen?

»Sehen Sie!«, sagt sie und zeigt darauf.

Der Immobilienmakler schaut ihr über die Schulter. »Das sind Sie«, sagt er.

»Ja«, sagt sie, »das bin ich.« Wahrhaftig! Jahr für Jahr hat ihr Bild, ohne dass sie es wusste, sein schwaches Licht auf dieses triste Viertel dieser fremden Stadt geworfen.

Aber was ist mit der Kiste, der kostbaren Kiste, die die unerreichbare Pani Jablonska für sie gepackt hat, die Kiste, um derentwillen sie einen halben Kontinent durchquert hat?

Die Pappkartons im vorderen Zimmer – es müssen zwanzig sein – haben beschriftete Etiketten, die sie nicht entziffern kann. »Können Sie mir helfen?«, sagt sie zu dem jungen Mann. »Können Sie mir sagen, was sich in den Kartons befindet?«

Der junge Mann legt sein Jackett ab und tritt in Aktion. »Das … das … das – Bücher. Alles Bücher. Nur das … das – keine Bücher.« Er holt zwei Kartons aus dem Stapel. Mit einem Küchenmesser öffnet sie die. Männersachen, nach Kampfer riechend, Küchenutensilien; Arzneimittel; Krimskrams; nichts für sie.

»Suchen Sie das?«, fragt der Makler. Er hält ihr eine kleine graue Kiste mit einem Etikett darauf hin. Sie liest, was darauf steht: WITOLD WALCZYKIEWICZ 19. VII. 2019. Sie öffnet die Kiste. Darin befindet sich eine Porzellanurne und darin Asche.

»Wo haben Sie das gefunden?«, fragt sie.

Der Makler deutet auf ein Bord in der Küche.

»Stellen Sie das bitte wieder zurück.«

Sie wählt Ewas Nummer, hinterlässt eine Nachricht: »Ewa, ich bin in der Wohnung Ihres Vaters. Bei mir ist der Immobilienmakler. Wir können die Kiste von Pani Jablonska nicht finden. Bitte rufen Sie so bald wie möglich zurück.«

Müßig spielt der Makler eine Tonleiter auf dem Klavier. Er versucht, sich hinzusetzen, doch der Klavierhocker leistet Widerstand. Aus seinem Hohlraum zieht er eine Archivbox. Darauf befindet sich ein Etikett mit ihrem Namen und der Telefonnummer vom Sala Mompou.

Sie öffnet die Box. Lose Papiere. Ein Hefter. Ein Foto von ihr, im Badeanzug und mit einem breitkrempigen Strohhut, vor Jahren aufgenommen, das er aus dem Haus in Sóller gestohlen haben muss.

»Das ist es«, sagt sie. »Danach haben wir gesucht. Vielen Dank, vielen Dank. Ich bin Ihnen sehr dankbar. Sie könnten jetzt gehen. Ich werde noch ein wenig bleiben. Ich werde die Tür abschließen, wenn ich gehe. Ist das in Ordnung?«

Der junge Mann wirkt unsicher. Vertraut er ihr nicht? Sie streckt die Hand aus, die er nach kurzem Zögern ergreift. »Noch einmal besten Dank. Auf Wiedersehen. *Do swidanija.*« Und sie beobachtet, wie er fortgeht.

8.

Sie prüft die Papiere: Ausdrucke von den wenigen E-Mails, die sie gewechselt haben, nichts weiter. Sie öffnet den Hefter. Er enthält offensichtlich Gedichte, auf Polnisch, eins pro Seite, mit Schreibmaschine geschrieben und nummeriert I – LXXXIV.

Das also hat Witold W., der immer weniger berühmte Pianist, ihr hinterlassen: keine Musik, sondern eine Art Manuskript. Und hier muss er gelebt haben, als er es verfertigt hat: in dieser tristen kleinen Wohnung in diesem gesichtslosen Viertel seiner Geburtsstadt. Merkwürdig. Doch vielleicht war das seine Version einer Mönchszelle, sein Rückzugsort von der Welt.

Sie blättert durch die Gedichte, sucht ihren Namen im Konsonantengewirr und findet ihn etliche Male – nicht Beatriz, sondern Beatrice. Also: ein Buch von Beatrice, verfasst von einem unbekannten Anhänger Dantes.

9.

Sie könnte das ganze Zeug zurück in den Hohlraum des Klavierhockers stopfen und es vom Auktionshaus fortbringen lassen. Oder sie könnte es im Karton mit dem Abfall aller Art im vorderen Zimmer entsorgen, um inmitten von Verpackungen und Apfelsinenschalen und Styropor auf einer Müllhalde irgendwo im Ödland der polnischen Landschaft zu enden. Das könnte sie tun und die Tür hinter sich zuziehen (klick!) und ein Taxi rufen und den Flughafen rechtzeitig für den Spätnachmittagsflug nach Barcelona via Frankfurt erreichen und nie wieder einen Gedanken an den Polen und sein Buch von Beatrice verschwenden.

Oder aber sie könnte die Gedichte mit zurück nach Barcelona nehmen, jemanden finden, der sie übersetzt und sie dann mit der Handpresse auf Hadernpapier in einer limitierten Auflage von zehn Stück drucken lassen, *El libro de Beatriz* de W. W. Ein Exemplar für die Tochter in Berlin, um zu beweisen, dass sie, Beatriz/Beatrice, keine Hure war, die übrigen verwahrt in einem Schrank, damit ihre Söhne sie nach ihrem Tod entdecken und erfahren, welche Höhen, welche Tiefen an Leidenschaft ihre Mutter hervorrufen konnte, selbst in ihren reifen Jahren.

Was soll sie tun? Die Gedichte mitnehmen oder sie hierlassen, sie zurücklassen, sie vergessen? Der Mann ist tot. Der Tochter ist es egal. Sie muss niemandem Rede und Antwort stehen außer sich selbst.

10.

Sie muss Dante lesen. Ihre Ausbildung hat sie nie so weit gebracht. Sie kennt das Bild von ihm, das berühmte Bild, doch nicht die Verse. Züge, die denen des Polen nicht unähnlich sind. Derselbe mürrische Gesichtsausdruck.

Du solltest mehr lächeln, hat sie ihm einmal gesagt. *Du hast ein nettes Lächeln. Die Menschen würden sich für dich erwärmen, wenn du zu lächeln lernen könntest.*

11.

Auch sie erwärmt sich für den Polen, da sie nun sein Testament in Händen hält. Zufällig ist sie nicht für große, hoffnungslose Leidenschaften zu haben – es gehört offenbar nicht zu ihrer Konstitution –, doch das heißt nicht, dass sie große Leidenschaften bei anderen nicht bewundert. Der Gedanke ist angenehm, dass er sie nicht vergessen hat, dass er weit davon entfernt, sie zu vergessen, sie in Versen gefeiert hat. Seine Beatrice. Einfach konnte es nicht gewesen sein. Selbst in Spanisch braucht es Talent, um Wörter sich reimen zu lassen. Und nun der Gedanke, das in Polnisch zu schaffen!

12.

Sie sollte mit der Tochter reden. Am Telefon wirkte sie kalt und unsensibel, aber vielleicht war das nur der Geist der deutschen Sprache, der in ihrem Englisch hauste. Sie könnte sie in ihrem ach so trubligen Restaurant in Berlin überraschen. Hallo, Ewa, darf ich mich vorstellen. Ich bin Beatriz, die Freundin deines Vaters aus Barcelona. Wenn du ein wenig Zeit übrig hast, wenn du nicht in der Küche gebraucht wirst, könnten wir uns vielleicht hinsetzen und uns unterhalten? Du denkst vielleicht, ich sei eine von den Harpyien, die ihre Klauen in berühmte Männer schlagen und ihnen das Blut aussaugen. Nun, du irrst dich. So bin ich überhaupt nicht. Ich habe deinen Vater nicht angemacht. Er hat sich in mich verliebt. Ich hätte ihm die Tür vor der Nase zuschlagen können, doch ich tat es nicht. Ich habe ihn freundlich behandelt, so freundlich wie ich konnte. Die Erinnerungen, die ich ihm hinterlassen habe, waren zum größten Teil glückliche. Wenn du mir nicht glaubst, sieh dir das an – hier sind die Gedichte, die er für mich geschrieben hat.

13.

Die Uhr läuft. Es ist drei Uhr nachmittags. Wenn sie heute Nacht in ihrem eigenen Bett schlafen will, muss sie los. Sie könnte aber auch über Nacht in Warschau bleiben und morgen zurückfliegen. Sie könnte sich in seiner Wohnung einrichten, die Nachbarschaft erkunden, irgendwo etwas essen, etwas authentisch Polnisches (was könnte das sein? Blutwurst, Salzkartoffeln, Sauerkraut?), im Bett des toten Mannes schlafen. Es gibt praktische Probleme (kein Licht, keine Bettwäsche), doch sie sind nicht unüberwindlich. Wenn der Mann um ihretwillen litt – ja, sich nach ihr verzehrte –, ist sie es ihm nicht schuldig, im Gegenzug ein wenig zu leiden?

14.

Sie hinterlässt eine Nachricht auf dem Telefon ihres Mannes: *Bleibe noch in Warschau. Bin morgen zurück.*

15.

Die Jungen mit den Fahrrädern sind verschwunden, zusammen mit dem Hund. Sie dreht eine Runde durch das Viertel. Es gibt nichts Sehenswertes, nichts, was sie nicht auch zu Hause finden würde. In einem winzigen Lädchen (*Supermarket* steht auf dem Schild) kauft sie eine Tüte getrocknete Aprikosen, eine Tüte Kekse, eine Flasche Wasser. Sie kehrt zur Wohnung zurück und holt im letzten Tageslicht einen Wollpullover und eine Cordhose aus den Kartons. Ihre Nachtwäsche. Das Wasser ist nicht abgestellt, sie kann sich waschen.

16.

Sie schläft, träumt nicht. Sie träumt nie. Doch sie wacht in der Nacht kurz auf, spürt die Anwesenheit eines anderen in der Wohnung. »Witold, wenn du es bist, komm und leg dich zu mir«, murmelt sie in die Dunkelheit hinein. Keine Bewegung, kein Laut antwortet ihr. Sie schläft wieder ein.

17.

Am Morgen ruft sie ein Taxi und ist um 9 Uhr am Flughafen. Sie hat eine lange Wartezeit bis zu ihrem Flug; sie nutzt sie für ein gemütliches Frühstück, eine Massage, eine Maniküre. Um 18 Uhr ist sie zu Hause, ausgeruht und lächelnd.

»Ich habe deine Nachricht bekommen«, sagt ihr Mann. »Wie war die Reise? Muss ich eifersüchtig sein?«

»Der Mann ist tot«, sagt sie. »Wie kannst du da eifersüchtig sein?«

»Entzug von Zuneigung«, sagt er. »Hat er mir nicht deine Zuneigung entzogen?«

»Sei nicht albern. Ich war nie in ihn verliebt. Er war in mich verliebt. Eine einseitige Affäre. Das ist alles.«

»Und du hast die Kiste mitgebracht, die berühmte Kiste? Was war darin?«

»Es war ein Missverständnis. Ich habe die Tochter missverstanden. Ich hatte etwas Persönliches erwartet, doch alles, was er hinterlassen hat, war ein Buch über Chopin, was er veröffentlicht hat, auf Polnisch. Als ein Andenken. Ein Memento.«

»Dann war es also eine Zeitverschwendung, die ganze Reise.«

»Nicht ganz. Ich habe Polen zu sehen bekommen oder ein Stück davon. Ich habe gesehen, wo Witold gelebt hat. Ich konnte mich verabschieden.«

»Er war dir wichtig, nicht wahr?«

»Nein, nicht wichtig, nicht er an sich. Doch man braucht es, als Frau hin und wieder bestätigt zu werden. Man braucht den Beweis, dass man noch Eindruck machen kann.«

»Und ich liefere diesen Beweis nicht?«

»Doch, schon. Aber nicht genug.«

18.

Nicht wichtig. Lügt sie? *Ich war nie in ihn verliebt*. Das stimmt. *Er war in mich verliebt*. Das stimmt. Was ist daran gelogen?

Sie hat Geheimnisse vor ihrem Mann, wie auch er Geheimnisse vor ihr hat. In einer guten Ehe respektieren die Partner ihr gegenseitiges Recht, Geheimnisse zu haben. Sie hat eine gute Ehe; und was in Mallorca geschehen ist, zählt als eins ihrer Geheimnisse.

Ihr Ehemann ist ein Mann von Welt. Er weiß, welch ein weites Feld *Wir waren keine Liebhaber* abdecken kann – was es beinhalten kann, was es ausschließt. Es schließt aus: *Mein Herz gehört ihm*. Ihr Herz hat dem Polen nie gehört.

19.

Das Buch über Chopin, das Andenken, ist keine Erfindung. Sie hat es aus einem der Kartons in der Wohnung geholt und mitgenommen, so dass sie zu ihrem Mann sagen kann: *Schau – sein letztes Geschenk an mich*.

Fünf

1.

Sie ruft ein Übersetzungsprogramm auf, vom Polnischen ins Spanische, und tippt das erste Gedicht von den vierundachtzig ein. Dabei achtet sie peinlich darauf, jeden einzelnen Punkt und Strich und Schnörkel zu erfassen. Was herauskommt, nachdem sie den Text eingegeben hat, ergibt wenig Sinn. In dem Gedicht kommen drei Männer vor: Homer, Dante Alighieri und ein namenloser Vagabund, der, mit einem Tier – wahrscheinlich einem Hund – an seiner Seite, ihnen auf dem Fuße folgt, durch belebte Städte streift und Leute um Geld bittet. Dieser Bettler trifft eine Frau mit einem schönen rosa Muttermal, die ihm Frieden bringt. Danach findet er sich in Warschau wieder, seinem Geburts- und Sterbeort, und singt Loblieder auf den Dichter – Homer? Dante? –, der ihm den Weg gewiesen hat.

Der Bettler ist ganz klar der Pole selbst, während sie, Beatriz, wahrscheinlich die Frau mit dem Muttermal ist. Aber warum ein Muttermal? Sie hat kein Muttermal. Ist das Muttermal irgendein Symbol? Ein Symbol für einen verborgenen Makel, vielleicht durch ihre Kleidung versteckt?

Sie erwartet nicht, dass der Computer eine vollkommene Übersetzung liefert. Was sie möchte, ist nur eine Antwort auf die Frage: Ist der Ton der Gedichte positiv oder negativ, feiernd oder anklagend? Sind sie eine Hymne auf die Geliebte; oder sind sie im Gegenteil ein bitteres letztes Wort eines abgewiesenen Liebenden? Eine recht einfache Frage; doch der Computer ist ebenso taub für Töne wie dumm.

2.

Tomás, der ältere Sohn, derjenige, der ihr immer nähergestanden hat, kommt mit Frau und Kind zum Essen. Nach dem Essen hat sie die Gelegenheit, mit ihm allein zu sprechen. »Du kennst nicht zufällig jemanden, der Polnisch spricht? Ich muss etwas übersetzen lassen.«

»Polnisch? Nein. Was genau muss übersetzt werden?«

»Das ist eine lange Geschichte, Tomás. Da war einmal, vor etlichen Jahren, ein polnischer Mann, der wild auf mich war. Er ist vor kurzem gestorben, und seine Tochter hat eine Reihe von Gedichten gefunden, die er verfasst hat, offenbar mir gewidmet, die sie an mich weitergegeben hat. Sicher ist es keine große Dichtkunst, aber der Gedanke stimmt traurig, dass er so viel Mühe darauf gewandt hat und keiner sie je lesen wird. Ich habe es mit dem Computer versucht, doch die Sprache ist dafür zu kompliziert.«

»Ich werde mich umhören. Ich kenne jemanden an der Universität in Vic. Sie haben dort eine Abteilung, die auf Sprachunterricht spezialisiert ist. Vielleicht gibt es beim dortigen Lehrkörper einen Spezialisten für Polnisch. War er in dich verliebt, dieser Pole? Wer war es?«

»Er war Pianist, ziemlich bekannt. Er hat Aufnahmen für die Deutsche Grammophon gemacht. Wir haben uns kennengelernt, als er hier für den Konzertkreis gespielt hat. Er hatte ziemlich unrealistische Vorstellungen von mir. Er wollte, dass ich mit ihm nach Brasilien weglaufe.«

»Er wollte, dass du alles aufgibst, einfach so, und mit ihm weggehst?«

»Na ja, er war in mich vernarrt. Ich habe ihn nicht ernst genommen. Aber jetzt gibt es diese Gedichte. Ich fühle mich etwas schuldig. Ich fühle mich verpflichtet, sie zu lesen. Schau, was du finden kannst. Aber erzähle es bitte nicht deinem Vater. Das würde die Sache nur verkomplizieren.«

3.

Am nächsten Tag ruft Tomás an. Leider unterrichten sie kein Polnisch am Vic. Die Leute dort schlagen vor, dass sie es beim polnischen Konsulat probiert.

Auf der Website des polnischen Konsulats findet sie eine kurze Liste akkreditierter Übersetzer. Sie ruft die Erste auf der Liste an: Clara Weisz Urizza, BA (Triest), Dipl. Dolm. (Mailand). »Ich habe einen Text auf Polnisch, den ich übersetzt haben möchte. Können Sie mir sagen, was Ihre Honorare sind?«

»Das hängt von der Textart ab. Ist es ein juristisches Dokument?«

»Es handelt sich um eine Reihe von Gedichten, vierundachtzig insgesamt, die meisten ziemlich kurz.«

»Gedichte? Ich bin keine literarische Übersetzerin. Normalerweise übersetze ich kommerzielle und juristische Dokumente. Aber schicken Sie mir eine Probe, und ich sehe, was ich tun kann.«

»Ich würde die Gedichte lieber persönlich vorbeibringen. Ich möchte nicht, dass sie kursieren.«

»Ich arbeite tagsüber in einem Reisebüro.« Sie nennt ein Reisebüro auf den Las Ramblas. »Dort können Sie eine Probe abgeben.«

»Ich würde es bevorzugen, persönlich mit Ihnen zu verhandeln. Wenn das nicht möglich ist, sagen Sie es bitte, dann wende ich mich anderswohin.«

4.

Am Sonntag fährt sie mit einem Taxi zu Señora Weisz' Adresse in Gràcia. Señora Weisz ist, wie sich herausstellt, eine grauhaarige Frau mit einem üppigen Busen, die ein flottes Kastilisch mit italienischem Akzent spricht. Die Wohnung ist überheizt, dennoch trägt sie einen Pullover.

Sie bietet Kaffee und zuckriges Gebäck an. »Ich gestehe, dass ich noch nie versucht habe, Gedichte zu übersetzen«, sagt sie. »Hoffentlich sind sie nicht zu modern.«

Sie, Beatriz, reicht ihr Kopien, die sie von den ersten zehn Gedichten angefertigt hat. »Der Autor war ein Bekannter aus Warschau. Er ist jetzt verstorben. Er war kein professioneller Schriftsteller. Ich habe keine Ahnung, was die Verse taugen.«

»Was wünschen Sie?«, fragt Señora Weisz. »Wollen Sie Übersetzungen, die Sie veröffentlichen können?«

»Nein, überhaupt nicht. Wir – das heißt, seine Tochter und ich – haben keine Publikationspläne. Als ersten Schritt würde ich gern eine Vorstellung davon bekommen, was die Gedichte aussagen, wovon sie handeln.«

Señora Weisz blättert durch die Gedichte und schüttelt dabei den Kopf. »Diese Gedichte – ich kann die Worte für Sie übersetzen, ich kann polnische Wörter in spanische Wörter umwandeln, doch ich kann nicht sagen: ›Davon handelt das Gedicht, das ist seine Bedeutung.‹ Verstehen Sie, was ich sage? Normalerweise übersetze ich juristische Dokumente, Verträge. Wenn ich einen Vertrag übersetze, muss ich bereit sein zu schwören, dass die Übersetzung korrekt ist. Das wird von einer akkreditierten Übersetzerin erwartet. Aber den Vertrag zu interpretieren, zu sagen, was er bedeutet, das ist nicht meine Aufgabe – das ist eine Aufgabe für einen Rechtsanwalt. Habe ich mich verständlich ausgedrückt? Also: Ich übersetze Ihre Gedichte für Sie, und dann entscheiden Sie, was sie bedeuten.«

»Gut. Was ist Ihr Honorar?«

»Das Honorar ist fünfundsiebzig Euro pro Stunde, das ist die normale Rate, sie gilt für alle. Wie viele Stunden? Achtzig Gedichte, sagen Sie, eine Seite pro Gedicht. Vielleicht zehn Stunden, vielleicht zwanzig, vielleicht mehr, das kann ich nicht sagen. Gedichte sind für mich Neuland.«

»Einige der Gedichte sind länger als eine Seite, daher dürfte die Seitenanzahl eher einhundert sein. Können Sie das erste Gedicht jetzt für mich übersetzen? Nur eine Rohübersetzung. Dass ich einen Eindruck vom Ton bekomme. Ich bezahle Sie für die Stunde.«

»Das erste Gedicht. Es lautet: *Der Fremde muss wissen, dass dieser Mann jahrelang gereist ist und die Harfe in vielen Städten gespielt und zu Tieren gesprochen hat. Der Fremde muss wissen, dass dieser Mann* – er nennt den Namen des Mannes nicht – *den Tritten Homers und Dantes gefolgt ist, in dunklen Wäldern gehaust und die weinfarbene See überquert hat.* Dann steht in dem Gedicht Folgendes: *Er fand die perfekte Rose zwischen den Beinen einer gewissen Frau und erlangte so endgültigen Frieden. Er singt sein Lied in Warschau, der Stadt seiner Geburt und seines Todes, und er singt es zum Preis der Frau, die ihm den Weg gewiesen hat.*«

Zwischen den Beinen einer Frau. Nichts von einem Muttermal. Nichts von einem Hund. »Das ist das Ende?«

»Das ist das Ende.«

»Könnten Sie auch das zweite Gedicht übersetzen?«

»Es gibt eine Inschrift: *Per entro i mie' disiri, che ti manavano ad amar lo bene*. Die Liebe, die du für mich empfunden hast, brachte dich dazu, das Gute zu lieben. Das ist Dante auf Altitalienisch. Das Gedicht sagt Folgendes: *Als er ein Dandy war, ein feiner junger Mann* – verstehen Sie? –, *schaute er gern eine bestimmte Frau an, doch er konnte sie nicht haben, nicht besitzen. Ihr Hals ist bloß, sie lässt ihren Rock schwingen*, irgend so was. *Also steigt das ganze Begehren*, das männliche Begehren, *von seinen Genitalien hinauf, steigt durch sein Blut und sein* – ich müsste das korrekte spanische Wort nachschlagen, es ist ein medizinischer Ausdruck – *hinauf in seine Augen. Er starrt sie mit seinen Augen an, und durch seine Augen besitzt er sie*. Dann geht er zu einer öffentlichen Versammlung, und er wählt ein hübsches Mädchen und benutzt sie als ein *biombo* oder eine *pantalla*, es ist unklar, eine Art Vorhang oder Paravent, während er mit den Augen die Ferne, die ferne Frau verzehrt, deren Name Beatrice ist, *la modesta* (er benutzt das italienische Wort oder vielleicht das spanische, es ist dasselbe). *Bescheidenheit*, sagt er, *ist ihre größte Tugend, auch Anmut und Güte*. Dann sagt er: *Ich hatte kein Glück, ich kam zu spät, ich lebte zu weit weg, ich hatte nur ihr Bild vor meinen Augen, das einem Vogel gleicht, der in der Erinnerung flattert*. Dieses Gedicht ist kompliziert, komplizierter als das erste, ich müsste daran arbeiten.«

»Vielen Dank. Es ist, wie Sie sagen, ein kompliziertes Gedicht. Ich verstehe es auch nicht. Ich möchte Sie bezahlen, und dann möchte ich gehen und darüber nachdenken – nachdenken, ob ich die ganze Gedichtfolge übersetzt haben will.«

Sie zählt das Honorar in Scheinen hin.

»Er sagt Beatrice«, sagt Señora Weisz. »Das sind nicht Sie. Das ist die Freundin des Dichters Dante.«

»Das stimmt«, sagt sie. »Die Beatrice im Gedicht ist schon viele Jahre lang tot. Während ich noch lebe. Auf Wiedersehen. Ich werde Ihnen meine Entscheidung mitteilen.«

Señora Weisz und sie wechseln etwas wie ein verschwörerisches Lächeln.

5.

Die Liebe, die du für mich empfunden hast, brachte dich dazu, das Gute zu lieben. Er hätte schreiben sollen: *Die Liebe, die ich für dich empfunden habe, brachte mich dazu, das Gute zu lieben.* Das hätte es klarer gemacht – nachdem er sich von seiner Geliebten getrennt hatte oder getrennt wurde, wandelte er den Trennungsschmerz um in ein Projekt, aus sich einen besseren Menschen zu machen.

Dante und Beatrice – er benutzte den falschen Mythos. Fehlgeleitet. Sie ist keine Beatrice, keine Heilige.

Was wäre denn der richtige Mythos gewesen? Orpheus und Eurydike? Die Schöne und das Biest?

6.

Sie wendet sich wieder dem ersten Gedicht zu, dem Gedicht, das den Computer verwirrte, doch so klar zu Señora Weisz gesprochen hat. *Homera i Dantego Alighieri* sind klar Homer und Dante, und *idealną różę* muss *una rosa ideal*, eine ideale Rose sein. In diesem Fall muss *wcześniej między nogami jego pani osiągając idealną różę* das Stück über das Finden der Rose sein, über das Erlangen von Transzendenz durch sexuelle Liebe; aber sie zwischen ihren Beinen zu finden – was für eine vulgäre Art, es auszudrücken! Kein

Wunder, dass Señora Weisz zurückschreckte, als sie die Worte aussprach. *Worauf lasse ich mich ein?*, musste sie bei sich gedacht haben. *Und kommt es sogar noch schlimmer?*

Zuerst Pani Jablonska, dann die Tochter in Berlin – Ewa – und nun Señora Weisz. Der Kreis wird größer. Als Pani Jablonska das Manuskript für die geheimnisvolle Frau in Spanien beiseitelegte, hat sie bestimmt einen heimlichen Blick riskiert und wurde von der ins Auge springenden Intimität auf der allerersten Seite überrascht. Und Ewa, trotz ihrer Dementis, muss es auch gesehen haben. Kein Wunder, dass sie so verächtlich am Telefon gewesen ist! Wie demütigend! Wie kränkend!

7.

Sie, Beatriz, kommt aus einer kultivierten Familie. Ihr Großvater väterlicherseits war als Student an der Universität von Salamanca Zeuge einer öffentlichen Bücherverbrennung und hat das nie vergessen. *Ein wahrer Akt der Barbarei*, hatte er es genannt. Später wurde er Juraprofessor und brachte eine umfangreiche Bibliothek zusammen, die nach seinem Tod an seinen ältesten Sohn ging, ihren Onkel Federico. *Bücher zu verbrennen ist ein Vorbote für das Verbrennen von Menschen*, hatte ihr Großvater gesagt, eine Äußerung, die zur Familienüberlieferung gehört. Er starb, als sie fünf Jahre alt war; sie erinnert sich an ihn nur als korpulenten alten Mann mit einem stachligen Bart und einem Stock mit Elfenbeingriff.

Briefe zu verbrennen ist nicht dasselbe wie Bücher zu verbrennen. Die Leute verbrennen ständig alte Briefe. Sie verbrennen sie, weil sie nichts von bleibendem Interesse enthalten oder weil sie zum Ärgernis geworden sind –

Briefe von Jugendfreunden zum Beispiel. Das Gleiche trifft mehr oder weniger auf Tagebücher zu. Doch die vierundachtzig Gedichte des Polen sind keine Briefe außer in gewissem, ungewöhnlichem Sinn, auch stellen sie kein Tagebuch dar, wiederum außer in einem gewissen Sinn. Sie stellen ein Manuskript dar, das heißt, den Embryo eines Buches. Die Gedichte zu verbrennen gliche mehr dem Verbrennen eines Buches als dem Verbrennen alter Briefe. Die Frage ist, wäre das Verbrennen der Gedichte ein Akt der Barbarei, ein Vorbote für das Verbrennen von Menschen?

Die Antwort ist nicht ganz klar. In Spanien ist der Pole ein Nobody, der Bericht von seinen Liebesaffären interessiert nicht. Aber in Polen ist er kein Nobody. In Polen mag es ein gewisses Interesse daran geben, vielleicht sogar einen gewissen Stolz darauf, was ein bekannter Interpret von Polens Nationalkomponisten zu sagen hat über die Zeit, die er zwischen den Beinen von Frauen verbrachte. Seine Gedichte zu verbrennen könnte in der Tat, für Polen, ein Akt der Barbarei sein. Am zivilisiertesten wäre es, die Gedichte an Polen zurückzugeben, an das Chopin-Museum oder die Nationalbibliothek für deren Manuskriptsammlungen. Sie anonym zurückzugeben, dabei alle Spuren ihrer selbst zu löschen, so dass nie einer kommen und an ihre Tür klopfen wird, jetzt oder zukünftig, mit der Frage: »Sind Sie das Original von Beatrice? Sind Sie die Frau aus Barcelona, zwischen deren Beinen Witold Walczykiewicz seine spirituellen Offenbarungen hatte?«

8.

Tagelang grübelt sie über der Frage: Sollte sie die Gedichte verbrennen, oder sollte sie im Gegenteil Señora Weisz beauftragen, sie zu übersetzen (mit nicht geringen Kosten); und wenn Letzteres, ist sie bereit, Señora Weisz' Übersetzungen zu lesen und sich dadurch möglicherweise Schmerz und Kränkung auszusetzen?

Sie grübelt über der Frage; dann, als das Grübeln vorüber ist, gibt sie sich einen Ruck und wendet ihre Aufmerksamkeit anderen Dingen zu. Der Hefter mit den vierundachtzig Gedichten landet im untersten Schubfach ihres Schreibtisches.

Doch selbst im untersten Schubfach sträuben sich die Gedichte gegen das Vergessen. Sie brennen dort mit einem langsamen Feuer.

Der Pole schrieb die Gedichte, um ihr zu sagen, dass er sie weiter geliebt hat, lange nach ihrer gemeinsamen Zeit auf Mallorca. Doch er hätte dasselbe mit einem schlichten Brief per Mail erreichen können: »Meine liebste Beatriz, von meinem Sterbebett schreibe ich dir, um dir zu sagen, dass ich dich bis zum Ende geliebt habe. Dein treuer Diener, Witold« Weshalb also *Gedichte*? Und warum so viele?

Die Antwort kann nur sein: Weil er nicht nur *sagen* wollte, dass er sie liebt, sondern es beweisen wollte – es beweisen, indem er für sie eine langwierige und an sich bedeutungslose Aufgabe ausführte. Trotzdem, warum Gedichte? Wenn langwierige und bedeutungslose Arbeit das Kriterium ist, warum nicht die Bergpredigt auf ein Reiskorn gravieren und es ihr in einer kleinen Plüschschachtel schicken?

Die Antwort: weil er, durch seine Gedichte, danach trachtet, von jenseits des Grabes zu ihr zu sprechen. Er möchte zu ihr sprechen, um sie werben, damit sie ihn liebt und in ihrem Herzen lebendig hält.

Es gibt gute Arten der Liebe und böse Arten der Liebe.

Was ist das für eine Liebe, die Tag und Nacht *zwischen den Beinen einer Frau* im untersten Schubfach ihres Schreibtisches brennt?

Als sie jung war, pflegte sie impulsiv zu handeln. Sie folgte ihren Impulsen, weil sie ihnen vertraute. Heute ist sie klüger. Die kluge Handlungsweise wäre – zweifelsohne – gewesen, Abstand vom Feuer zu halten, zu warten, bis es ausgebrannt ist, und dann vielleicht, falls sie noch neugierig sein sollte, in der Asche herumzustochern.

9.

Auf Mallorca, im Bett mit ihr, hat er es ihre Rose genannt. Damals hatte es sich falsch angefühlt, ein falsches Wort, und jetzt, in seinen Gedichten, fühlt es sich auch falsch an. In Wahrheit keine Rose, überhaupt keine Blume; aber was?

Sie erinnert sich an ihre Jungen als Heranwachsende und ihre nicht endende Neugier auf Mädchen. Wenn Mädchen *es* nicht hatten, was hatten die Mädchen dann? Es konnte nicht nichts sein; aber wenn es nicht nichts war, was konnte es sein? Neugier; auch Entsetzen. Die beiden in der Badewanne, einander vollspritzend, lachend, wild, überdreht. *Was ist* es, *Mama!* Es – *heißt das so*?

Es: Wo sie herkamen, bedeckt mit Blut und Schleim, hinaus in den Lärm und das grelle Licht der Welt. Kein Wunder, dass sie schrien – *zu viel! zu viel!* –, kein Wunder, dass sie lauthals verlangten zurückzukehren, sich ins alte vertraute Nest zu kuscheln, an den Daumen zu saugen und friedlich zu dösen. Und nun taucht der Pole, ein großer Mann – riesig! –, doch nicht weniger babyhaft, aus ihrem Körper und ihrem Bett nicht weniger verwirrt auf, nicht weniger verängstigt. *Es*: die Rose, die keine Rose ist.

10.

Prahlen. So verteidigen sich Männer gegen die Verwirrung. Auch ihre Söhne, so viel sie weiß, mittlerweile erwachsene Männer, Männer von Welt. *Ich habe sie besessen, diese attraktive Frau aus Barcelona. Ich habe sie in meinen Armen zerquetscht, ich habe ihre Rose zerdrückt.* Der Krieg zwischen Männern und Frauen, urzeitlich, nie endend. *Ich habe sie besessen, sie war mein, lest alles darüber.*

Sie hat ihn verletzt. Sie hat ihn in seinem Stolz gekränkt. Nach dieser Beleidigung war all sein Bestreben auf Selbstschutz ausgerichtet, eine Perlmuttschicht nach der anderen über die Wunde legend. Sie hat ihn in ihr Bett eingeladen, dann hat sie ihn rausgeworfen. Seine Rache an ihr: sie einzufrieren, zu ästhetisieren, sie in ein Kunstobjekt zu verwandeln, eine Beatrice, eine Heilige aus Gips, die verehrt und in einer Prozession durch die Straßen getragen wird. *Barmherzige Mutter.*

11.

Aber wenn er die Gedichte geschrieben hat, um sich an ihr zu rächen, wieso dann das Epigraph zum Gedicht zehn, Octavio Paz zugeschrieben, den er auf Englisch zitiert? *Ein Paradox der Liebe: Wir lieben gleichzeitig einen sterblichen Körper und eine unsterbliche Seele. Ohne die Anziehungskraft des Körpers könnte der Liebende die Seele nicht lieben. Für den Liebenden ist der begehrte Körper eine Seele.* War das auch Witolds Geschichte – dass er durch die Liebe zu ihrem Körper ihre Seele liebte? Schön und gut. Aber das beantwortet die Frage nicht: Warum *ihr* Körper, warum *ihre* Seele?

Zurück zu Beatrice, der wahren Beatrice. Was hat Dante dazu bewegt, sie vor allen anderen Frauen zu wählen? Oder zurück zu Maria. Was war an Maria voller Gnaden, dass sich Gott entschied, sie in der Nacht zu besuchen? Welcher Schwung der Lippen, welche Wölbung der Brauen, welche Kontur des Hinterns? In welchem Moment wurde sie, Beatriz, die Frau, deren Aufgabe es war, den gastierenden Solisten an jenem schicksalhaften Abend 2015 zum Dinner auszuführen, zu der ihm Vorherbestimmten? Was war an *ihr*, das sie zur Erwählten werden ließ? Wo war an diesem Abend das Göttliche in ihr? Und wo ist das Göttliche in ihr jetzt?

12.

Völlig überraschend ein Anruf aus Polen. *Vous parlez français, Madame?* Pani Jablonska, die viel jünger und rüstiger klingt, als sie sie sich vorgestellt hat. Entschuldigungen dafür, dass sie sich nicht eher gemeldet hat, aber es hat eine kritische Situation in der Familie gegeben, sie musste schnell nach Łódź fahren, in der Tat ist sie immer noch in Łódź. Entschuldigungen dafür, dass sie ihr die Wohnung nicht öffnen konnte, Entschuldigungen, dass sie ihren Besuch verpasst hat, ob sie alles entdeckt hat, was ihr Witold hinterlassen hat? Der liebe Witold, so schmerzlich vermisst. Und Ewa, immer so beschäftigt, und nun muss sie aus der Ferne alles regeln – so beschwerlich, so schade!

Sie, Beatriz, ist nicht in der Stimmung, sich eine Wortflut in einer unvertrauten Sprache anzuhören *(un peu plus lentement, s'il vous plaît!)*, aber es gibt etliches, was sie gern wüsste, was nur die polnische Nachbarin ihr sagen kann. Wie zum Beispiel: Was ist aus der Wohnung geworden, in der sie ihre einsame polnische Nacht verbracht hat, eine Behausung, die noch vom Geist ihres Herrn heimgesucht wird (wenn ihre Erfahrung zählt)? Wie zum Beispiel: Abgesehen von den Gedichten, hat sie, Pani Jablonska, noch irgendeine zusätzliche Botschaft, die ihr, Beatriz, der Dame aus Barcelona, gilt? Wie zum Beispiel (wenn sie es über sich bringen kann, danach zu fragen): Hat der verstorbene, betrauerte Witold ihr jemals seine Gedichte gezeigt, insbesondere das erste Gedicht mit dem metaphorischen Gebrauch des Wortes *Rose*?

Sie müssen wissen, fährt Pani Jablonska fort, dass Witold nicht eine, sondern zwei Wohnungen in dem Häuserblock gehörten – zwei benachbarte Wohnungen –, und er hat eine Verbindungstür eingebaut – das war damals in den 1990ern, als alles billig war –, aber dass es unglücklicherweise ohne die erforderlichen Dokumente gemacht wurde, die Bauleute machten das damals *à l'arabe*, und nun kann die Wohnung, die eigentlich zwei Wohnungen mit zwei Postanschriften ist, nicht verkauft werden, bis die Dokumente beschafft sind, was Ewa, die arme Ewa, von Deutschland aus erledigen muss. Ewa hat sich um Leute gekümmert, die mit einem Laster gekommen sind und die Wohnung ausgeräumt haben, die Möbel, die Bücher, alles, auch Witolds Klavier, also ist sie im Moment leer, doch sie kann nicht angeboten werden, solch eine Tragödie.

À l'arabe – was kann das bedeuten? Oder hat sie sich verhört?

»Wenn ich Sie unterbrechen darf«, sagt sie, »hat Witold zufällig etwas über mich gesagt?«

Es folgt ein langes, langes Schweigen. Zum ersten Mal kommt ihr der Gedanke, dass die Geschichte von der eiligen Reise nach Łódź erfunden sein könnte, dass Pani Jablonska keineswegs die verhutzelte kleine alte Witwe in

Schwarz sein könnte, als die sie sich die Polin vorgestellt hatte, dass sogar die Beschreibung *Witolds Nachbarin* selbst ein delikater Euphemismus sein könnte, nicht ohne Bezug zu dem Gerede von der doppelten Wohnung mit einer Verbindungstür.

»Wenn er nichts zu sagen hatte, macht das nichts«, sagt sie, die Stille unterbrechend. »Vielen Dank, dass Sie sich gemeldet haben. Das ist sehr freundlich von Ihnen.«

»Warten Sie«, sagt Pani Jablonska. »Gibt es sonst nichts, was Sie wissen möchten?«

»Über Witold? Nein, Madame, ich glaube nicht. Ich weiß alles, was ich wissen muss.«

13.

Gibt es sonst nichts? Was drohte die Frau zu erzählen? Wie der arme Witold gelitten hat? Wie er dem Tod ins Auge gesehen hat? Nein, es wäre ihr lieber, wenn das dezent im Dunkeln bliebe.

Wenn sie das Tor nur einen Spaltbreit öffnete, wer weiß, was hereingeströmt käme?

14.

Sie ruft Señora Weisz an. »Ich habe entschieden, dass Sie alle Gedichte übersetzen, von Anfang bis Ende. Ich werde das ganze Manuskript mit einem Kurier an das Reisebüro senden, an Sie adressiert, mit dem Vermerk ›Persönlich‹ versehen. Ich möchte nicht, dass jemand anders die Gedichte sieht. Kann ich mich auf Sie verlassen?«

»Sie können sich auf mich verlassen. Lyrik ist nicht meine Stärke, doch ich werde mein Bestes tun. Vielleicht können Sie eine Anzahlung leisten.«

»Ich werde der Sendung einen Scheck beifügen. Sagen wir fünfhundert?«

»Fünfhundert wären gut.«

15.

Nach einer Woche kommt eine Nachricht von Señora Weisz. Die Übersetzungen sind fertig. Die Rechnung beläuft sich auf eintausendfünfhundert Euro.

»Ich werde heute Abend vorbeikommen und die Übersetzungen abholen«, antwortet sie.

Die Tür öffnet ein junger Mann. »Hi. Sie sind die Dame für die Gedichte? Kommen Sie herein. Ich bin Natán. Meine Mutter ist noch nicht zu Hause, aber sie wird bald kommen. Bitte nehmen Sie Platz. Möchten Sie die Gedichte sehen?« Er reicht ihr ein dickes Paket – ihre Fotokopien plus die sauber ausgedruckten spanischen Übersetzungen. Sie schaut sich die erste an. *Die Dame, zwischen deren Beinen* steht noch da.

»Ich habe ihr ab und zu geholfen«, sagt Natán. »Lyrik liegt meiner Mutter nicht so.«

»Sie sprechen auch Polnisch?«

»Nicht wirklich. Aber ich habe jede Menge polnischer Gedichte gelesen. In Polen ist Dichten eine Krankheit, jeder bekommt sie. Ihr Dichter – wie heißt er?«

»Walczykiewicz. Witold Walczykiewicz. Er ist vor kurzem gestorben. Waren Sie einmal in Polen?«

»Polen ist scheiße. Wer würde freiwillig dorthin gehen? Es war früher schlimm. Jetzt ist es sogar noch schlimmer.«

Es dämmert ihr, dass sie Juden sind, Clara und ihr Sohn, mit gutem und ausreichendem Grund, Polen nicht zu mögen.

»Walczykiewicz.« Er spricht den Namen wie ein Muttersprachler aus, besser als sie, sie, zwischen deren Beinen sein Träger gelegen hat. »Er ist kein großer Dichter, wie?«

»Lyrik war nicht sein Medium. Eigentlich war er Musiker, Pianist. Er war als Chopin-Interpret bekannt.«

»Die Gedichte sind ziemlich durchschnittlich, aber einige davon ragen heraus. Handeln sie von Ihnen?«

Sie schweigt.

»Er war in Sie verliebt, wette ich. Wenn er gewusst hat, dass Sie kein Polnisch verstehen, warum hat er sie nicht übersetzt für Sie?«

»Polnisch war seine Muttersprache. Man kann Gedichte nur in seiner Muttersprache schreiben. Das hat man mir zumindest beigebracht. Vielleicht hat es ihm nichts ausgemacht, dass ich seine Gedichte nicht lesen konnte. Vielleicht war es für ihn wichtig, sich auszudrücken.«

»Vielleicht. Am besten gefällt mir an ihnen, dass sie nicht trocken und ironisch sind wie die von allen anderen. Kennen Sie Cyprian Norwid? Nein? Den sollten Sie lesen. Walczykiewicz ist wie Cyprian Norwid, nur nicht in derselben Klasse. Sein bestes Gedicht – Sie werden es sehen – ist das, wo er hinunter zum Meeresgrund taucht und sich einer Marmorstatue gegenübersieht und feststellt, es ist Aphrodite – Sie wissen schon, die Göttin. Sie hat große gemalte Augen, die durch ihn hindurchschauen, ohne ihn zu sehen. Unheimlich. Ich habe irgendwo gelesen, dass das Mittelmeer voll von Zeug aus alten Schiffswracks ist – Münzen, Statuen, Geschirr, Weinkrügen. Ich würde gern einmal vor der griechischen Küste tauchen – wer weiß, vielleicht hätte ich Glück.«

»Witold hatte kein Glück.«

Der junge Mann schaut sie eigenartig an.

»Ich will sagen, er hatte kein Glück im Leben. Wenn er einen Tauchgang gemacht hätte, hätte er keine Göttin gefunden. Er wäre mit leeren Händen wieder aufgetaucht. Oder er wäre ertrunken. So war er eben. Was studieren Sie?«

»Ökonomie. Es ist nicht mein Ding, wie meine Mutter sagen würde, aber heutzutage muss man das machen. Um voranzukommen.«

»Ich habe zwei Söhne, etwas älter als Sie. Sie haben nicht Ökonomie studiert, aber sie sind gut vorangekommen. Sie haben aus ihrem Leben einen Erfolg gemacht.«

»Was haben sie studiert?«

»Der eine hat Biochemie studiert, der andere Maschinenbau.«

Sie könnte noch mehr über ihre Söhne sagen, viel mehr, tut es aber nicht. Sie ist stolz auf ihre Söhne, darauf, wie sie schon frühzeitig Verantwortung für ihr Leben übernommen haben, als wäre ihr Leben ein Unternehmen, das entschlossen und klug geführt werden muss. Sie kommen nach ihrem Vater, beide. Keiner der beiden kommt nach ihr.

»Was werden Sie mit den Gedichten anfangen?«, fragt der junge Mann. »Werden Sie sie veröffentlichen?«

»Ich denke nicht. Wenn sie nicht besonders gut sind, wie Sie sagen – und ich bin mir sicher, dass Sie recht haben –, wer würde sie kaufen wollen? Nein, ich werde sie nicht veröffentlichen, doch ich habe Witold vor seinem Tod versprochen, dass ich mich um sie kümmern würde, auf sie aufpassen würde. Besser kann ich es nicht ausdrücken.«

Clara Weisz kommt, total bepackt. »Entschuldigen Sie, dass ich so spät komme. Hat Natán Ihnen die Gedichte gezeigt? Ich hoffe, sie gefallen Ihnen. Es war gar nicht so schwer, wie ich befürchtet hatte, als wir einmal in Fahrt gekommen waren. Ein interessanter Mann, dieser Walczykiewicz. Ich habe ihn im Internet gefunden. Wie Sie sagen, war er Pianist, aber hat er Ihnen erzählt, dass er als junger Mann, damals in den 1960ern, einen Gedichtband veröffentlicht hat? Was wir eine *publikacja ulotna* nennen, eine Gelegenheitspublikation. Er war nicht beliebt bei den damaligen Machthabern.«

»Ich weiß nicht viel über sein früheres Leben. Er war kein sehr mitteilsamer Mensch.«

»Nun, es steht alles in der polnischen Wikipedia, wenn Sie Polnisch lesen können.«

»Ich möchte Ihnen einen Scheck ausschreiben. Sie sagten eintausendfünfhundert abzüglich des Vorschusses?«

»Das ist korrekt. Eintausend. Ich habe auch die handschriftlichen Notizen übersetzt, aber auf Extraseiten. Sie werden sehen.«

»Oh. Ich dachte, das mit der Hand Geschriebene gehöre zu den Gedichten – Korrekturen, Zusätze, so etwas.«

»Nein, das glaube ich nicht. Aber Sie können das selbst entscheiden.«

Sie verabschiedet sich. Sie werden sich nicht wiedersehen, sie und die Weiszes. Eine Erleichterung. Sie wissen zu viel über sie. Aber was ist es denn, was sie wissen? Dass sie eine Affäre mit einem Mann hatte? Das geschieht jeden Tag. Dass der Mann mit gebrochenem Herzen zurückgelassen wurde und Gedichte über sie schrieb? Auch das geschieht, wenn auch nicht jeden Tag. Nein, das Beschämende ist, dass Clara Weisz, die ihr nichts bedeutet und Witold nichts bedeutet, Zugang zu dem hatte, was in Witolds Seele vor sich ging, einen klareren Zugang, als sie, für die die Gedichte geschrieben wurden, jemals haben wird, weil es Töne, Echos, Nuancen, Feinheiten im Polnischen geben muss, die keine Übersetzung je übermitteln kann. Ohne die geringste Mühe ist Clara Weisz die erste, beste Leserin des Polen geworden, mit dem Sohn an zweiter Stelle, während sie hinterherhinkt als armselige Dritte.

16.

Sie liest Claras Arbeit von Anfang bis Ende durch, sehr schnell. Nicht alle Gedichte sind verständlich, obwohl die Prosaversionen beachtlich klar sind. Doch am Ende hat sie eine Antwort auf ihre vordringliche Frage. Die Gedichte sind kein Racheakt, ganz und gar nicht. Sie sind, im weitesten Sinn, ein Dokument der Liebe.

Sie liest noch einmal eine Folge von Gedichten, in denen die Ausdrücke »die andere Welt« und »das nächste Leben« immer wieder vorkommen. Die Gedichte müssen aus der Zeit stammen, als der Pole dem Tod ins Auge sah und sich selbst zu überzeugen versuchte, dass das nicht das Ende von allem bedeutete.

Sie versucht, sich vorzustellen, welcher *deus ex machina* ihn seiner Ansicht nach aus der gegenwärtigen Welt, einer Welt des Verlustes und des Leids, herausholen und ihn zur nächsten bringen würde. Soweit sie sehen kann, würde die Überführung in einem Augenblick vonstattengehen, mehr oder weniger magisch. Er würde als völlig fertiger Erwachsener mit dem Rucksack an Erinnerungen und Sehnsüchten eines Erwachsenen in der nächsten Welt ankommen, um sich auf den Tag vorzubereiten, an dem auch sie, seine Beatrice, ankommt, um mit ihm im heiligen Stand der Ehe zusammenzuleben. Sie schaudert. Er kann es nicht erwarten, sie wiederzusehen, doch möchte sie ihn denn sehen? Die Wahrheit ist, als die Tochter ihr sein Ableben per Telefon mitteilte, hatte sie ihn fast vergessen oder ihn zumindest in die Nicht-mehr-aktiv-Ablage geschoben.

Trauer ist ein natürlicher Prozess. Alle Völker des Planeten haben Trauerrituale. Sogar die Elefanten. Sie, Beatriz, hat ihre Mutter früh verloren. Der Verlust hinterließ eine klaffende Lücke in ihrem Leben. Sie war tief betrübt, sie trauerte, sie vermisste sie. Dann endete ihre Trauer zu einem gewissen Zeitpunkt, und das Leben ging weiter. Aber für den Polen war das Leben offenbar nicht einfach weitergegangen. Als er sie verloren hatte, trauerte er um sie und trauerte immer weiter. Er nährte seinen Verlust wie eine Mutter, die sich weigert, ein totes Kind aufzugeben. Er *sagt*, er erwartet, mit ihr in der nächsten Welt wiedervereinigt zu werden, doch was kann das wohl bedeuten? Es muss Momente gegeben haben, wo er allein in seiner trostlosen Wohnung in Warschau gesessen und gewusst hat, dass er sie nicht wiedersehen würde. Um diesen Verlust im wahren Leben ertragbar zu machen, muss er all seine schwindenden Kräfte aufgeboten haben, um eine *neue* Beatriz zu beschwören, zu erschaffen, ins Leben zu rufen, eine verwandelte, doch solide Version ihrer selbst, die, weit davon entfernt, ihn abzuservieren und – noch schlimmer – ihn zu vergessen, ihn auf geheime, mystische Art und Weise auffordert, ihr ein himmlisches Heim zu bereiten.

Sie glaubt nicht an ein Leben nach dem Tod außer im äußersten metaphorischen Sinn. Wenn sie tot ist, werden sich ihre Kinder an sie erinnern und von ihr erzählen, liebevoll oder nicht so liebevoll. Sie könnten sie auch zusammen mit ihren Psychoanalytikern zerpflücken *(War sie eine gute*

Mutter? War sie eine schlechte Mutter?). Solange sie das tun, wird sie sich eines gewissen Lebensfunkens erfreuen. Doch mit dem Verschwinden der Generation ihrer Kinder wird sie in ein staubiges Archiv geworfen werden, um dort für ewig vom Tageslicht ausgeschlossen zu sein. Darin besteht ihr Glaube, ihr erwachsener, reifer Glaube; und sie traut dem Polen zu, dass er, wenn er nicht in seine Musik und seine Dichtung vertieft war, diesen Glauben teilte – dass er nicht *wirklich* glaubte, es gäbe ein anderes Leben in einer anderen Welt, in der sie beide sich wiederfinden und das Glück genießen würden, das der Zufall ihnen in ihrer ersten Inkarnation vorenthalten hat.

Warum also sollte er in seinen letzten Monaten diese Gedichte schreiben – und sie ihr übermitteln –, Gedichte, in denen er so zuversichtlich erwartet, sie wiederzusehen, Gedichte, die standhaft die Fragen vermeiden, die jede Theorie von einem Leben nach dem Tod begleiten? Fragen wie: Wird die Geliebte nicht zusammen mit einer Schar Ehepartner und Liebhaber ankommen, die alle darauf hoffen, das Leben im Jenseits an ihrer Seite und in ihrem Bett zu verbringen? Wird es keine Eifersucht im Jenseits geben? Keine Langeweile? Keinen Hunger? Keinen Stuhlgang? Wie steht es mit Kleidung? Werden wir alle formlose knöchellange Kittel tragen müssen? Und Unterwäsche – wird ein Hauch Spitze erlaubt sein, oder muss alles schlicht sein, sehr puritanisch?

Der Himmel: ein riesiger Warteraum voller Seelen, die in ihren gleichförmigen Kitteln durcheinanderwuseln und ängstlich nach ihren besseren Hälften suchen.

17.

Es stimmt nicht ganz, dass er der Frage der körperlichen Erscheinung ausweicht. In einem seiner Jenseits-Gedichte schreibt er, dass er und sie sich nackt begegnen werden, und dann bekennt er, dass es in der gegenwärtigen Welt – er muss sich auf Mallorca beziehen – für ihn beschämend gewesen sei, an den Tisch der Liebe nur seinen hässlichen alten Männerkörper bringen zu können.

18.

Warum geht sie so hart mit ihm um? Warum hockt sie mit einem Seziermesser über seinem poetischen Vermächtnis? Antwort: weil sie mehr erhofft hat. Das zuzugeben fällt ihr schwer, doch sie hatte gehofft, dass der Mann, der sie geliebt hat, diese Liebe, diese Energie, diesen *Eros* benutzt hätte, sie besser zum Leben zu erwecken, als es ihm gelungen ist. Eitelkeit ihrerseits? Ja, mag sein. Aber der Pole hielt sich selbst für einen Künstler im großartigen alten Sinn, einen *Maestro*, und ein Künstler im großartigen alten Sinn (Dante!) hätte ihr ein glaubhaftes neues Leben gegeben, gefeit gegen ihren eigenen billigen Spott. *Für den Liebenden ist der begehrte Körper eine Seele.* Der Pole liebte ihren Körper. Der Pole liebt ihre Seele (das sagt er). Doch wo in den Gedichten sieht sie den Körper zur Seele verwandelt?

Señora Weisz' Sohn fand die Gedichte schwach, und sie stimmt in den meisten Fällen zu. Hat der Pole ihre Schwäche auch gesehen? Hat er sie gesehen und dennoch weitergemacht mit seinem Gekritzel, sich emsig damit beschäftigt, damit er nicht sehen musste, wie der Tod sich anschlich?

Nun, da das ganze pathetische Vorhaben vor ihr auf dem

Schreibtisch liegt, sein Vorhaben, eine Liebe wiederauferstehen zu lassen und zu vervollkommnen, die nie fest gegründet war, überkommt sie Verzweiflung, doch auch Mitleid. Immer deutlicher steht ihr das Bild vor Augen: der alte Mann an seiner Schreibmaschine in seiner hässlichen Wohnung, wie er seinen Traum von Liebe ins Leben zu zwingen versucht und dafür eine Kunst benutzt, die er nicht wirklich beherrscht.

Ich hätte ihn nie ermutigen dürfen, denkt sie. *Ich hätte das Ganze im Keim ersticken sollen. Doch ich habe nicht gesehen, wohin das führte. Ich habe nicht gesehen, dass es so enden würde.*

Sie legt die Übersetzungen zurück in ihre Mappe. Wer außer ihr würde diese Hervorbringungen je lesen wollen? Alles umsonst, die ganze geduldige Arbeit, das ganze Stein auf Stein. Es existiert nicht einmal ein Museum für schlechte Dichtung, wo das aufbewahrt werden kann, zusammen mit dem Rest lebloser Worthülsen, die aus den Händen von Männern seinesgleichen kommen, Männern, denen die Kunst fehlt, die das Wort beflügelt. *Du armer Alter!*, denkt sie.

19.

Ist es ihm in den Sinn gekommen, dass sie sich im Jenseits möglicherweise nicht treffen würden, nicht weil es kein Leben nach dem Tode gibt, sondern weil das Schicksal ihn für das Souterrain bestimmt hat, während sie oben im Paradies schwebt, ewig unerreichbar?

20.

Oder umgekehrt?

Sechs

Lieber Witold,

vielen Dank für die Gedichte. Du glaubst nicht, was für einen Umweg sie genommen haben, doch schließlich sind sie in einer Version angekommen, die ich lesen kann.
Natán, der Sohn meiner Übersetzerin, ein netter junger Mann, obschon ein wenig vorlaut, hat mir gesagt, dass ihm das Aphrodite-Gedicht am besten gefallen hat, das Gedicht, in dem du zum Meeresgrund sinkst und Aphrodite in Gestalt einer Marmorstatue triffst.
Wenn Aphrodite für mich stehen soll, wenn ich Aphrodite sein soll, hast du einen Fehler gemacht. Ich bin nicht diese bestimmte Göttin. Eigentlich bin ich überhaupt keine Göttin.
Dasselbe trifft zu, wenn ich Beatrice sein soll.
Du beklagst dich, dass die unterseeische Aphrodite durch dich hindurchgesehen habe, ohne dich wahrzunehmen. Ich für mein Teil glaube, dich sehr wohl gesehen zu haben – dich gesehen zu haben als das, was du warst, und dich akzeptiert zu haben. Aber vielleicht hast du mehr gewollt. Vielleicht wolltest du, dass ich einen Gott in dir sehe, was ich nie tat. Tut mir leid.
Ein Gedicht, das mich besonders berührte, war das über dich als kleiner Junge, der eine anatomische Belehrung von der Mutter bekommt. Während der ganzen Zeit unserer

Bekanntschaft habe ich nicht ein einziges Mal an dich als kleinen Jungen gedacht, gestehe ich. Ich habe dich als vernünftigen Erwachsenen behandelt und erwartet, dass du mich genauso behandelst. Das könnte ein weiterer Fehler gewesen sein. Wenn wir die erwachsenen Masken fallen gelassen hätten und einander von Kind zu Kind begegnet wären, hätten wir es möglicherweise besser gemacht. Aber natürlich ist es nicht so einfach, wie es scheint, ein Kind zu werden.

Du hast mir ein oder zwei Vorschläge gemacht, die ich irritierend fand – zum Beispiel dass ich mit dir nach Brasilien durchbrenne –, aber du hast nie wirklich um mich geworben. Letztendlich hast du mich auch nicht verführt. Eine Verführung hat nicht stattgefunden, ich glaube, da wirst du mir zustimmen.

Ich wäre gern umworben worden. Ich wäre gern verführt worden. Ich hätte es gern gehabt, wenn man mir die süßen Komplimente gemacht und die schmeichlerischen Lügen erzählt hätte, die Männer Frauen erzählen, mit denen sie schlafen wollen. Warum? Ich weiß es nicht, und ich will es auch gar nicht wissen. Die Sehnsucht einer Frau, verzeihlich.

Warum hast du so unterwürfig reagiert, als ich dich aufgefordert habe fortzugehen, zurück nach Valldemossa? Warum hast du mich nicht mit Bitten bombardiert? *Ich kann ohne dich nicht leben!* – warum hast du diese Worte nie gesagt? Theatralik, Witold – hast du nie von Theatralik gehört? Hör dir Chopin an. Hör dir die Balladen an. Vergiss deine eigenen peniblen Interpretationen. Öffne deine Ohren zur Abwechslung für die wahren Chopin-Interpreten, die Enthusiasten, die sich an der Theatralik seiner Musik

erfreuen und sich nicht davor scheuen, hin und wieder eine falsche Taste zu treffen.
Und warum hast du mir nicht geschrieben oder mich angerufen, als du wusstest, dass du stirbst? Es wäre so einfach gewesen – so viel einfacher, als Gedichte zu schreiben.
Deine Nachbarin sagt, du hättest in deinen letzten Jahren nichts anderes getan, als an deinen Gedichten zu arbeiten.
Sie hat gesagt, du hättest die Musik aufgegeben. Warum?
Hast du das Vertrauen verloren?
Wenn du Dante wärst, würde ich als deine Inspiration, deine Muse in die Geschichte eingehen. Aber du bist nicht Dante.
Der Beweis liegt vor uns. Du bist kein großer Dichter.
Niemand wird von deiner Liebe für mich lesen wollen, und – nach reiflicher Überlegung bin ich froh darüber, froh und erleichtert. Ich habe nie darum gebeten, bedichtet zu werden, von dir oder von irgendeinem anderen.
Falls du es vergessen haben solltest, hier ist das Gedicht, von dem ich gesprochen habe, in seiner neuen spanischen Gestalt (ohne Reime).

Gedicht 20
»Hast *du* einen?«, fragte ich meine Mutter,
als sie mich abtrocknete nach dem Bad.
»Nein«, sagte meine Mutter, »ich bin eine Frau,
zum Empfangen geschaffen,
während du, junger Mann,
zum Geben geschaffen bist.
Dein Pipi ist zum Geben da – vergiss das nie.«
»Was zu geben, Mama?«
»Freude zu geben, Erleuchtung. Samen zu geben,
damit wieder und wieder,

Saison für Saison,
die neue Frucht hervorbricht.«

Samen zu geben – was bedeutete das?
Ich sah es nur dunkel.
Und die *Erleuchtung*
Sah ich überhaupt nicht,
nicht, bis sie kam und meinen Pfad erleuchtete,
Beatrice.

Doch was habe ich ihr gegeben,
als ich in ihren Körper eindrang,
den Körper aller Frauen,
den Körper der Göttin?
Toten Samen oder keinen Samen,
keine Freude,
kein Licht.

»Nur Mut«, sagte Mama.
»Wie die Schlange, die ihren Schwanz verschlingt,
hat die Zeit kein Ende.
Es gibt immer eine neue Zeit,
ein neues Leben,
un vita nuova.
Aber nun,
mein kleiner Prinz,
ist es Bettzeit.«

Ein nettes Gedicht, das wirst du sicher zugeben.
Deine Beatriz

Lieber Witold,

ein zweiter Brief. Keine Sorge, viel mehr werden es nicht. Ich möchte dich nicht zu meinem geheimen Freund machen, meinem Phantomkameraden, meinem Phantomglied.
Zunächst einmal möchte ich mich für die gestrige Tirade entschuldigen. Ich weiß nicht, was in mich gefahren ist. Du bist vielleicht nicht Dante, doch deine Gedichte bedeuten mir viel. Vielen Dank dafür.
Ich schreibe dir in der Hoffnung, dass du kein allzu schmerzhaftes Ende hattest. Als ich die Wohnung in Warschau aufsuchte, habe ich zufällig deine Asche in einer Urne entdeckt. Deine Tochter hat sie mitzunehmen vergessen, oder sie wurde zu spät geliefert, als sie schon nach Berlin zurückgekehrt war. Die Vernachlässigung deiner sterblichen Überreste kommt mir ein wenig gleichgültig vor, sogar nach heutigen Maßstäben, wenn du mir das nicht verübelst. Bestimmt gibt es einen Heldenfriedhof in Warschau oder etwas Ähnliches, wo du angemessen bestattet werden könntest.
Sowohl deine Tochter als auch deine Freundin Madame Jablonska, die zu Besuch bei ihrer Familie in Łódź war, als ich das letzte Mal von ihr hörte, haben sich nicht näher darüber ausgelassen, wie du gestorben bist.

Ich komme darauf zu sprechen wegen der handschriftlichen Worte am Rand des vorletzten Gedichts, Gedicht 83. Ich dachte, sie gehörten zum Gedicht, doch meine Übersetzerin glaubt das nicht. Sie weist darauf hin, dass sie nirgendwo hineinpassen und dass sie außerdem weder in Polnisch noch Italienisch sondern in Englisch sind. Sie nennt sie »außer-poetisch«. Die betreffenden Worte sind: *»Save me, my Beatrice.«*

Falls die Worte in das Gedicht gehören und »Beatrice« das himmlische Wesen ist, das du von deinem Freund und Mentor Dante übernommen hast, schön und gut, dann sage ich nichts mehr. Aber wenn ich Beatrice bin und wenn du beim Schreiben dieser Worte mich gebeten hast, dich zu retten – zu kommen und dich vor dem Tod zu retten –, dann muss ich dir sagen, erstens, dass die Nachricht mich nicht erreicht hat, auf telepathische oder andere Weise, und zweitens, dass selbst wenn sie mich erreicht hätte, ich wahrscheinlich nicht gekommen wäre. Ich wäre nicht zu dir nach Warschau gekommen, so wie ich nicht mit dir nach Brasilien fortlaufen wollte. Ich mochte dich (lass mich dieses Wort benutzen), doch nicht auf so maßlose Weise, dass ich für dich alles aufgegeben hätte. Du warst in mich verliebt – daran zweifle ich nicht –, und Liebe ist ihrer Natur nach maßlos. Was jedoch mich betrifft, so waren meine Gefühle dunkler, komplexer.

Das zu einer Zeit zu sagen, da du wehrlos bist, mag herzlos scheinen, aber es ist nicht so gemeint. Du hattest das ganze knarrende philosophische Gebäude der romantischen Liebe hinter dir, in das du mich als deine *donna* und Retterin eingefügt hast. Ich hatte keine solchen Ressourcen, abgesehen von dem, was ich als rettende skeptische Haltung zu Gedan-

kengebäuden betrachte, die lebende Wesen zerstören und vernichten.
Wir können ehrlich miteinander sein – nicht wahr? –, wo du nun tot bist. Was hätte es für einen Sinn, uns etwas vorzumachen? Wir wollen uns vornehmen ehrlich, doch niemals grausam zu sein.
Mit dieser ehrlichen Einstellung werde ich nicht so tun, als würde ich das erste Gedicht der Serie mögen und die grobe Art, wie du unsere körperliche Beziehung beschreibst. Ich vermute, dass deine Tochter das Gedicht zu sehen bekommen hat und dass es ihr Verhalten mir gegenüber beeinflusst hat. Sie hat mich behandelt, als wäre ich deine Hure.
Auch das zweite Gedicht hat mich nicht beeindruckt. Ganz allgemein mag ich keine Männer, die Frauen anstarren. Ich finde es nicht verführerisch, angestarrt zu werden – nicht im mindesten. Und was bedeutet *Chymus* (das Wort der Übersetzerin)? Das Wörterbuch sagt, es ist eine Körperflüssigkeit, aber was soll es bedeuten?

Gedicht 2
Vor allem sehnte er sich danach, sie anzusehen,
er, der alte Meister, damals ein junger Geck.
Weil er sie nicht haben konnte
(bloßer Hals, wirbelnde Röcke, unvorstellbar),
stieg die ganze erotische Spannung von seinen Lenden,
stieg durch das Blut hinauf durch den Chymus,
erfüllte seinen lebendigen Blick.
Sie anzustarren war seine Weise, sie zu besitzen.
Bei öffentlichen Zusammenkünften wählte er zufällig
ein attraktives Mädchen,
brachte sie in sein Blickfeld, schien ihr Blicke zu senden

(er nannte sie seinen Schutzschirm),
während es insgeheim die Entferntere war, die er mit
Blicken verschlang,
seine Beatrice,
seine Beute,
la modesta, die Bescheidene.
(Bescheidenheit ganz oben unter ihren Tugenden:
Bescheidenheit, Anmut, Güte.)
Ich aber, ich hatte kein Glück,
ich kam zu spät, lebte zu fern von ihr,
hatte nur ihr Bild hinter den zufallenden Augen,
armes kleines Flatterding in den Kammern des
Gedächtnisses.

Ich finde, es ist ein schwieriges Gedicht – zu schwierig für mich. Ich hoffe, die Übersetzung wird ihm gerecht, du wirst das am besten beurteilen können. Die Übersetzerin war keine Expertin.

La modesta. Vielen Dank dafür. Vielen Dank für deine hohe Meinung von mir. Ich werde versuchen, ihr gerecht zu werden.

Aber es wird spät. Gute Nacht, mein Prinz – Zeit fürs Bett. Schlaf gut. Träum süß.

Deine Beatriz
PS: Ich werde wieder schreiben.